AF200612

Mord für jede Jahreszeit

Krimi-Anthologie

Angelika Lauriel

Impressum:
© 2019 Angelika Lauriel
WWW.ANGELIKALAURIEL.DE

Buchcoverdesign: Sarah Buhr /
www.covermanufaktur.de unter Verwendung von Bildma-
terial von Pavel Chagochkin; Romolo Tavani / Shutterstock

Lektorat/Korrektorat: Dorothea Stiller
Satz: Angelika Lauriel

ISBN: 978-3-75041-818-9
Herstellung und Verlag:
BoD - Books on Demand, Norderstedt

Über dieses Buch:

Kleine literarische Morde erhöhen die Lebensqualität. Seit Angelika Lauriel ihre erste Krimikurzgeschichte geschrieben hat, ist sie von der Wahrheit dieses Satzes überzeugt. Dabei geht es ihr nicht um Gemetzel oder Brutalität, sondern um die Beweggründe, die Menschen zu Morden aus Rache, im Effekt oder als Job veranlassen. Gern dürfen die Hintergründe vielschichtig, die Verdächtigen am Ende unschuldig sein (oder doch nicht?), und manchmal ist selbst ein Kommissar sich nicht ganz sicher, ob er den Richtigen hat.

Die Frühling-, Sommer-, Herbst- und Winterkrimis wurden bereits in Krimianthologien des Ulrich Burger Verlags abgedruckt (Liste im Anhang). Für die Neuauflage in dieser Anthologie wurden sie überarbeitet.

Als Bonbon finden Sie in diesem Büchlein zusätzlich einen Kurzkrimi von Jana Thiem.

Über die Autorin:

Angelika Lauriel schreibt Bücher für Kinder, Jugendliche und Erwachsene in den Genres Krimi, Beziehungsroman, unterhaltender Familienroman und Fantasy für verschiedene Verlage sowie im Selbstverlag. Unter ihrem zweiten Pseudonym Laura Albers finden ihre geneigten Leser und Leserinnen berührende Liebesromane.

Im Alltagsleben arbeitet die Autorin in Teilzeit als Förderlehrerin für Deutsch als Zweitsprache und ist Mutter einer fünfköpfigen Familie. Ihre Heimat ist das Saarland. Viele, aber nicht alle ihrer Romane spielen dort.

Inhalt:

Frühling: Dem Vergessen anheimgegeben

Hugo verließ das Treppenhaus und zog die Haustür hinter sich zu. Dieses Mal brauchte er nicht weit zu gehen, um seinen Job zu tun, nur zwei Blocks bis zum Park. Er hatte ausnahmsweise um Bedenkzeit gebeten, bevor er diesen Auftrag annahm. So nahe bei seiner Wohnung? Doch dann hatte Elsa ihn vorwurfsvoll angesehen und demonstrativ die Kühlschranktür geöffnet: In der gähnenden Leere gammelte lediglich eine Paprika vor sich hin.

An diesem Morgen ging er gemächlich die Straße entlang. Wie immer war er früh dran und brauchte sich nicht zu beeilen. In Gedanken versunken registrierte er die Strahlen der aufgehenden Frühlingssonne, die zwischen den hohen Häusern hindurch eckige Muster auf die Straße zeichneten. Seit wann war ihm sein Beruf so zuwider? Wie lange versuchte er schon, neue Aufträge abzuschmettern? Er kickte eine Coladose in den Rinnstein und beobachtete, wie ein Rest der braunen Flüssigkeit heraustropfte. Dann straffte er die Schultern. Es nützte nichts, den Moment hinauszögern zu wollen. Sein Auftraggeber hatte sich nicht abwimmeln lassen. Er hatte ihm geschmeichelt: Hugo habe in all den Jahren immer saubere und verlässliche Arbeit abgeliefert. Elsas vorwurfsvolle Blicke hatten ihres dazu beigetragen. Hugo schnaubte, während er seinen Schritt beschleunigte. Er blendete die vorbeifahrenden Autos und die wenigen Passanten aus, fixierte sich nur noch auf sein Ziel. Der Eingang zum Park war bereits zu sehen. Nichts anderes nahm er mehr wahr, nur die schmiedeeiserne, offenstehende Tür.

Wenig später hatte er die Zielperson gesichtet. Groß, rothaarig mit ein paar silbernen Strähnen, sportlich. Der Mann sah genauso aus wie auf dem Foto. Die blasse Haut wies darauf hin, dass er den größten Teil seiner Zeit in einem Büro verbrachte. Selbst sein morgendlicher Sport im Freien konnte nichts dagegen ausrichten. Mit routiniert wirkenden Bewegungen joggte er Hugo auf dem Pfad entgegen. Ein kurzer Blick genügte, um sich zu vergewissern, dass niemand sonst unterwegs war. Hugo blieb am Rand des Pfads zwischen den Bäumen stehen und wartete. Der Rothaarige, Kopfhörer in den Ohren, sah flüchtig über ihn hinweg – desinteressiert, mit den Gedanken woanders. Hugo drehte sich leicht zur Seite, als habe er zwischen den Bäumen etwas gehört, das sein Interesse weckte. Er konnte bereits den Schweiß und das Deo des Joggers riechen. Dann war er heran. Hugo griff von hinten mit beiden Händen nach dem großen Mann – nur eine Sekunde bestürmte ihn der Gedanke, dass er einen Fehler machte. Mit bloßen Händen?

Der Läufer strauchelte und fiel in Hugos Arme. Es war ein Kinderspiel, ihn rasch zwischen die Bäume zu ziehen.

Hugo stieß ihn auf den Boden und drückte ihn mit dem Knie und einer Hand auf den weichen Grund. Der Mann war noch zu überrascht, er wehrte sich nicht.

Und jetzt? Hugo zögerte, plötzlich nicht mehr wissend, was er von dem Fremden wollte. Er zog die Hand von seiner Hosentasche weg – hatte er nach etwas greifen wollen? – und hob sie, wollte die zweite

Hand vom Schlüsselbein des Menschen lösen, der unter ihm lag und ihn mit weit aufgerissenen Augen anstarrte. Jetzt stieß er einen Ton aus, der Hugo durch Mark und Bein fuhr und ihn instinktiv zudrücken ließ. Die Beine und Arme des Fremden fuchtelten und stießen nach Hugo im Versuch, ihn abzuwehren, sein Gesicht verzerrte sich vor Anstrengung. Aber mochte er auch gealtert sein – schwach war Hugo nicht.

Mit der freien Hand verpasste er seinem Opfer einen gezielten Faustschlag an die Schläfe, sodass dieser plötzlich erschlaffte, seine angewinkelten Beine nach außen fielen und die Arme, mit denen er nach Hugos Oberkörper gegriffen hatte, abglitten wie Gummiattrappen. Das von hellen Sommersprossen übersäte Gesicht wirkte plötzlich entspannt und friedlich. Der Mann hatte die Lippen leicht geöffnet, und als Hugo seine Gesichtszüge jetzt genauer betrachtete, konnte er rote Wimpern und Augenbrauen erkennen.

Hatte er nicht schon einmal einen rothaarigen Menschen getötet? Er ließ die Gedanken schweifen. Richtig, da war dieses Mädchen gewesen. Sie hatte die Wimpern mit schwarzer Tusche übermalt, aber als sie leblos vor ihm lag, hatte er die roten Ansätze in der hellen Haut genau gesehen. Hugo setzte sich auf den Waldboden neben den schlafenden Läufer und dachte angestrengt nach. Wie hatte die Kleine damals geheißen? In seinem Magen sammelte sich Säure. Diese latente Übelkeit war ihm inzwischen vertraut, auch wenn er ihre Ursache nicht verstand. Besonders heftig wurde es nur in bestimmten Momenten, so wie jetzt.

Das rothaarige Mädchen, fast noch ein Kind. Wie war ihr Namen gewesen? Er wusste, wenn der ihm einfiel, würde die Übelkeit nachlassen. Der Mann neben ihm erinnerte ihn an das Mädchen. Er sah auf den zweiten Blick älter aus als zuvor; zwischen die roten Brauenhärchen hatten sich vereinzelte silberne gemischt. Sie wirkten widerspenstig, länger als die anderen und gebogen. Unwillkürlich fasste Hugo an seine eigenen Brauen, um sie zu glätten. Sie hatten auch diese Tendenz, immer buschiger zu werden. Doch in den Gesichtszügen des Mannes entdeckte er eine Linie, einen Schwung der Wange, der ihn das junge Mädchen von damals wieder genau vor Augen sehen ließ. Wie hatte sie geheißen? Warum hatte er sie töten sollen – so ein junges Ding?

Verdammt, er konnte sich nicht erinnern. Vielleicht, wenn er all die anderen Namen der Menschen durchging, denen er einen Platz auf dem Friedhof verschafft hatte?

Der Mann neben ihm rührte sich, stöhnte leise, dann blieb er ruhig liegen.

Konnte er sich wirklich und wahrhaftig an keinen einzigen Namen erinnern? Hugo ließ die Gesichter vor seinem inneren Auge Revue passieren. Viele waren es. Sie hatten ihm und Elsa einen einigermaßen guten Lebensstandard gesichert. Und niemals war er aufgeflogen. Niemand wusste das von ihm.

Die Übelkeit breitete sich aus. Er drückte eine Hand auf den Magen, um ihr Einhalt zu gebieten.

Dass ihm die Namen nicht einfielen! Er konnte sich noch so sehr anstrengen, da war nichts.

Plötzlich spürte er eine Berührung an seinem Oberschenkel, dann legte sich eine Hand auf sein Bein. Er wandte sich dem Mann zu, der neben ihm lag und ihn von unten herauf ansah. Er wirkte verwirrt, fragte sich wohl, wie er hierhin geraten und wie ihm geschehen war. Hugo beugte sich fürsorglich über ihn. »Geht es Ihnen gut?«

Der Rothaarige griff sich an den Kopf und runzelte die Stirn. »Ich, ich weiß nicht ... Was ist passiert?«

Hugo half ihm aufzustehen und legte einen Arm um seine Taille, um ihn zu stützen. Langsam gingen die beiden zwischen den Bäumen auf den Pfad hinaus zu einer Bank.

»Ich weiß es auch nicht«, sagte er. In seinem Kopf herrschte angenehme Leere, als er neben dem Fremden den Schmetterlingen zuschaute, die um einen Busch herum flatterten. Hugos Übelkeit ließ nach, während der Mann sich mit den Ellbogen auf die Oberschenkel stützte und stöhnend den Kopf hielt.

»Hat mir jemand eins über den Schädel gezogen?« Die Stimme klang rau.

Widerwillig wandte Hugo den Blick von den Schmetterlingen ab und kniff die Augen zusammen. Schlagartig war die Übelkeit wieder da. Er beugte sich halb vor den Fremden und griff nach seiner Hand, um in sein Gesicht blicken zu können.

»Ich habe niemanden gesehen«, erklärte er, und es war die Wahrheit. »Wer hat Ihnen das bloß angetan? Ich habe Sie auf dem Boden zwischen den Bäumen gefunden. Möchten Sie zur Polizei gehen? Soll ich einen Krankenwagen rufen?«

Der Rothaarige schüttelte den Kopf und grunzte, da ihm die Bewegung offensichtlich Schmerzen bereitete. Er entdeckte die Kopfhörerstöpsel, die ihm beim Sturz aus den Ohren geflogen waren und nun aus dem Ausschnitt seines Shirts auf seine Brust herunterhingen. Man konnte Christina Aguilera »*I am beautiful, no matter what they say*« singen hören, es klang leicht scheppernd. Mit einer fahrigen Geste griff der Mann an seine Seite und schaltete den MP3-Player aus.

Woran erinnerte das Lied Hugo? Es hatte sofort den Druck in seinem Magen wieder verstärkt. Doch auch sein Gegenüber schien es nicht unberührt zu lassen. Der Rothaarige musterte ihn, als wolle er etwas in seinen Zügen erkunden. Unbehaglich rutschte Hugo auf dem Holz der Bank hin und her. Noch immer starrte der Fremde ihn an, mit gerunzelter Stirn – es wirkte, als leide er Schmerzen. Schließlich seufzte er und setzte sich aufrechter hin. Ein letzter prüfender Blick in Hugos Gesicht, dann begann er zu reden.

»Das ist ihr Lieblingslied. War. Es war ihr Lieblingslied.« Mit einem Griff an seine Seite schaltete er den MP3-Player wieder an und hielt Hugo einen der Ohrstöpsel hin. Zögernd griff Hugo danach und drückte ihn in sein Ohr, hörte nun die klagende Stimme der Sängerin.

Elsa liebte dieses Lied auch, sie tanzte und sang mit geschlossenen Augen, wann immer es im Radio lief. Ohne zu verstehen, weshalb, riss Hugo sich den Stöpsel aus dem Ohr und legte ihn dem Fremden in den Schoß. »Ich kenne es«, murmelte er heiser.

Wieder sah ihm der Rothaarige in die Augen, dann nickte er und stellte die Musik ab. »Eine Frau, stimmt's? Es erinnert dich auch an eine Frau …«

Hugo beugte zustimmend den Kopf.

Der Fremde wandte den Blick in die Ferne, als er weitersprach. Es wirkte wie ein Zwang, dem er sich nicht widersetzen konnte. Als habe er noch nie mit jemandem darüber reden können und habe nun das Gefühl, sich endlich aussprechen zu müssen und es bei ihm, Hugo, zu können. Verrückt – woher wollte Hugo das wissen?

»Sie war rothaarig, hatte die Haarfarbe von mir geerbt.«

Hugo blieb die Luft weg, er hörte das Blut in seinen Ohren rauschen. Er musste sich zwingen, einzuatmen.

Tief.

Langsam.

Ein.

Und wieder aus.

Das Rauschen ließ nach, doch sein Puls raste weiterhin. Aber warum?

Wie alt mochte der Fremde sein, der nun unverwandt auf die gelben Kieselsteine zwischen seinen Laufschuhen starrte? Von Hugos Atemaussetzer hatte er nichts bemerkt. Das bemerkten sie nie. Er konnte kurz vorm Umfallen stehen, niemand bemerkte es. Genau wie das andere, das keiner von ihm wusste.

Was war es?

Mord.

Ja, er war ein Mörder. Ein Auftragskiller. Niemand wusste das. Verwirrt wischte Hugo sich über die Stirn. Sein Herzschlag verlangsamte sich wieder. Er hatte etwas vergessen. Irgendetwas hatte er erledigen sollen, Elsa hatte ihn in aller Frühe losgeschickt. Der Kühlschrank war leer, es war Zeit, dass er wieder Geld verdiente. Ihr eigenes Gehalt reichte für sie beide nicht aus. Wieder sah er seine Frau vor seinem inneren Auge, wie sie sich zu der Pop-Ballade wiegte, die Augen geschlossen.

»Ihre Lieblingszeile war ›*So don't you bring me down today*‹. Ich begreife bis heute nicht, wie es passieren konnte. Ich hatte sie beschützt, ihr Leben lang hatte ich sie beschützt. Sie war mein Ein und Alles.« Wieder griff der Rothaarige nach den Kopfhörern, schloss die Faust darum. »Es war ihr Player, ihre Playlist höre ich mir an, jeden Tag. Bei diesem Lied kommen mir die Tränen wie einem Kind, ich kann nichts dagegen tun. Verstehst du das?« Als er sich zu Hugo umdrehte, zuckte er mit leisem Ächzen. Hugo erkannte die Tränen in den hellen Augen. Eine löste sich und glitt an einer roten Wimper herab, wo sie an der hellen Spitze zitternd hängen blieb – ein Regenbogen schien sich darin zu verfangen –, bevor sie auf der Wange landete und langsam einen Weg fand, über große Poren und kaum sichtbare Bartstoppeln. Irgendwann blieb nur ein kleiner, feuchter Punkt von ihr übrig.

»Wie hat sie geheißen?« Die Frage befreite sich aus Hugos Mund, ohne dass er wusste, woher sie kam.

»Flora. Ihr Name war Flora.«

Hugo hörte an der Art, wie der Fremde den Namen seiner Tochter aussprach, dass er sie liebte, immer noch. Und wie sehr er sie vermisste und dass ihr Tod noch immer schmerzte.

Flora.

Ja, das war ihr Name gewesen. Man hatte ihn Hugo am Telefon gesagt, ihm ein Foto der Zielperson geschickt. Sie war hübsch gewesen mit ihrer hellen Haut und den roten Haaren. Und sehr jung, eigentlich noch ein Kind. Wer hatte dieses Kind umbringen lassen?

»Was ist passiert?«, fragte er den Fremden. Dieser wandte sich wieder ab, stützte den Kopf in die Hände, barg sein Gesicht darin.

»Es ist meine Schuld. Alles ist meine Schuld.«

Hugo hatte wenig Information bekommen. Die Umstände und Gründe interessierten ihn auch nie. Er tat einen Job, einen Beruf wie jeder andere. Er erhielt einen Namen, ein Gesicht dazu, einen Auftrag. Sein Ruf wäre nicht so gut geworden, wenn er Fehler gemacht oder Fragen gestellt hätte. Präzision, das war eine seiner Stärken. Dazu ein Alibi-Leben. Elsa, die Frau seines Herzens, ein Nebenberuf, der für andere wie ein richtiger Beruf aussah. Die Gedanken verwirrten sich wieder in Hugos Kopf, bildeten ein Knäuel, ließen Fragen zurück. Was hatte er hier zu suchen? Wer war der Fremde neben ihm? Wovon sprach er?

»Ich hätte nur nachgeben müssen. Sie setzten mir die Pistole auf die Brust.« Der Fremde sprach weiter, und Hugo konnte den Zusammenhang wiederherstellen, zumindest teilweise. Das Mädchen, genauso rothaarig wie sein Vater. Flora.

»Es ging um Geschäfte, worum auch sonst?« Der Rothaarige schüttelte den Kopf. »Man glaubt nicht, dass es das in Deutschland gibt. In USA, in Asien, überall, nur nicht hier in Deutschland.«

Er fuhr mit der Hand durch die Luft, als wolle er seine Worte bekräftigen. Noch immer wirkte es zwanghaft, wie er weiterredete. »Ich habe es nicht geglaubt. Ich hatte Angst, ja, weil sei mir drohten. Ich rechnete damit, dass mir etwas geschehen würde, dass sie an meinem Stuhl sägen, dafür sorgen würden, dass ich fliege.« Er griff plötzlich nach Hugos Hand und ließ sie dann ebenso unvermittelt wieder los.

»Haben sie dich erpresst?«, fragte Hugo. Vielleicht kam er endlich dahinter, warum Flora damals hatte sterben müssen.

Der Rothaarige nickte, langsam und abgehackt. »Ja, so kann man es nennen. Ich sollte diese Papiere unterzeichnen. Ich wusste, dass es falsch war, aber mir waren die Hände gebunden. Ich konnte niemanden anzeigen. Zu viele hingen mit drin. Bis ganz nach oben. Was hätte es genutzt, Anzeige zu erstatten, wenn selbst die Behörden ihre Finger im Spiel hatten?« Er sah Hugo an, wartete auf eine Reaktion. Hugo nickte, nicht wissend, ob es das war, worauf der Rothaarige hoffte. Doch anscheinend war es die richtige Regung, denn dieser fuhr fort. »Trotzdem hätte ich niemals gedacht, dass sie Flora etwas antun würden … Ich spielte auf Zeit. Ich wusste selbst nicht, worauf ich hoffte. Vielleicht, dass ich jemanden fand, der das Gleiche sah wie ich? Was wir vorhatten, war gefährlich und leichtsinnig. Ich zögerte immer weiter, weigerte mich zu unterzeichnen. Beinahe hoffte ich, dass ich entlassen würde. Es widerstrebte mir, meinen Namen unter diese Sache zu setzen.«

»Verdammt, wovon sprichst du?«

Erschrocken drehte der Fremde sich zu Hugo um, kniff kurz die Augen zusammen. »Das kann ich dir nicht sagen.« Er lachte hart auf. »Es würde mich meine Existenz kosten. Glaub mir, ich weiß, wovon ich rede. Schon ein Mal habe ich das Wertvollste in meinem Leben verloren.« Er runzelte die Stirn. »Nur so viel:

Menschenleben hingen davon ab. Viele Menschenleben.«

Hugo nickte, als verstehe er. Spielte es eine Rolle, wessen der Rothaarige sich schuldig gemacht hatte? Hatte es jemals eine Rolle gespielt? Ging es nicht letzten Endes immer um diese schmutzigen Geschäfte, wenn man ihn rief? Trotzdem – wie hatte Flora, ein junges, unschuldiges Mädchen, da hineingepasst?

»Haben sie dich mit Flora erpresst?« Warum konnte er es nicht lassen? Warum ging er nicht einfach nach Hause? Es war Hugo wieder eingefallen, weshalb Elsa ihn in diesen Park geschickt hatte. Sie hatte den Ort des Auftrags mitbekommen. Aber er würde den Rothaarigen nicht töten. Er wollte nicht mehr. Keine Menschen mehr umbringen, kein Blut mehr auf sein Konto laden. Dann mussten er und Elsa eben kleinere Brötchen backen.

Der Fremde sah misstrauisch zu Hugo. »Ja, das haben sie. Und ich Idiot habe weiterhin gezögert. Ich dachte, dass sie das nicht machen würden. Alles, aber nicht einen kaltblütigen Mord. Ein Mord kam überhaupt nicht in Betracht. Das wäre zu gewagt, selbst für sie.« Plötzlich schluchzte er auf. »Ich habe mich geirrt. Und ob sie eines Mordes fähig waren. Sie brauchten ihn ja nicht selbst durchzuführen. Wozu gibt es Berufskiller?« Er lachte abgehackt, es hörte sich an wie ein Grunzen. »Wahrscheinlich haben sie ihn aus der Portokasse bezahlt ...« Er brach ab, brütete schweigend vor sich hin.

Hugo erinnerte sich zurück an jenen Sommer vor acht Jahren. Hatte er eben nicht mal mehr den Namen des Mädchens gewusst, so sah er sie jetzt wieder glasklar vor Augen. Sie war jeden Morgen an der Saar entlang gejoggt, nicht weit von hier. Sie hatte das Haar mit einem schlichten Haargummi zusammengenommen, es wippte in fast behäbig wirkenden Wellen auf ihren Rücken hinab. Hugo hatte sie zwei Tage lang ausspioniert, um sicherzugehen, dass er an Tag X unbeobachtet sein würde. Ihre Strecke verlief auf einem um diese Zeit einsamen Weg, doch besonders das Stück, das ein wenig vom Fluss wegführte, war menschenleer. An jenem Morgen trug sie eine kurze Jogginghose, darüber ein Sport-Top, und ihre Laufschuhe. Wie immer hatte sie die Kopfhörer im Ohr gehabt. Es waren die Kopfhörer, die er jetzt auf dem Schoß des rothaarigen Mannes liegen sah.

Wie unter Zwang fragte Hugo: »Was ist mit Flora passiert?«

Der Rothaarige streckte den Rücken durch. »Ermordet. Einfach so. Beim Joggen hat sie jemand von hinten erdrosselt. Mit einem Kabel, wie man es in jedem Baumarkt kriegt. Keine Spuren, nichts. Es muss schnell gegangen sein.« Er griff sich an die Kehle. »Wenn ich es mir ausmale … Mein Mädchen muss fürchterliche Angst gehabt haben. Wie schnell kann man einen Menschen erdrosseln, frage ich dich?«

Hugo dachte nach. »Ich … habe nie darauf geachtet«, sagte er.

Der Rothaarige riss die Augen auf.

»Es kommt darauf an, ob man es richtig macht.« Ein Gurgeln entwich dem Fremden, er rückte von Hugo ab.

»Denke ich mal«, sagte Hugo und lächelte gütig.

Die Schultern des Rothaarigen sackten herab, als er heftig die Luft ausstieß.

»Sie war ein schönes Mädchen«, sagte Hugo und erinnerte sich, wie sie zuerst die Hände hochgerissen hatte, um nach ihm zu greifen, wie er dann heftig zugezogen hatte, damit sie nicht unnötig leiden musste. Sie war an seinem Körper erschlafft und zusammengesackt, er ließ sie auf den Boden gleiten und achtete darauf, dass er sie möglichst nicht berührte. Natürlich trug er einen Plastikoverall, damit sie keine Fasern an ihrer Kleidung finden würden, aber trotzdem mied er jeglichen direkten Kontakt, wenn immer es möglich war. Er arbeitete präzise. Hatte immer präzise gearbeitet. Floras Pferdeschwanz war nach vorne gerutscht, und eine breite Strähne bedeckte ihr Gesicht, eine weitere den roten Streifen an ihrem Hals. Sie lag vor ihm auf der Erde, in ihren Augen spiegelte sich der Himmel. Er sah die roten Ansätze der schwarz getuschten Wimpern. Zärtlich hatte Hugo die Strähne von ihrer Wange gestrichen, dann war er aufgestanden, weggelaufen, hatte sich seines Anzugs entledigt und war zur Arbeit gegangen, die letzten Zeilen des Lieds wie eine Endlosschleife im Ohr, die aus den Kopfhörern drangen, als er sich von Flora entfernte, die dort lag und sich nie mehr rühren würde. »*So don't you bring me down today.*«

Flora war der einzige Auftrag gewesen, bei dem er je Bedauern gespürt hatte. Es hatte Tage gedauert, bis er es wieder ertrug, wenn Elsa zu »*Beautiful*« sang und tanzte. Sie hatte nicht begriffen, warum er so oft das Radio abschaltete in jenen Tagen.

»Sie war ein wunderschönes Mädchen«, wiederholte er.

»Woher weißt du das?« Der Rothaarige musterte ihn misstrauisch.

Hugo winkte ab. »Stand doch in allen Zeitungen. Bilder hat man sehen können.«

»Das stimmt nicht. Nichts stand in den Zeitungen, keine Bilder wurden veröffentlicht. Die Polizei hat nur kurz ermittelt, es gab keine Spuren. Alles wurde schnell vertuscht. Und ich war wie gelähmt, habe mich nicht gewehrt. Mein Mädchen wurde begraben, das war's dann. Also, woher weißt du, dass sie schön war?«

Hugo sah ihn versonnen an. »Du sagtest, sie hatte deine Haare? Sie war noch sehr jung, fast ein Kind, nicht wahr?«

»Ja, das war sie.«

»Sie *muss* eine Schönheit gewesen sein.«

Der Fremde zögerte, dann nickte er abermals.

»Und dann?«, fragte Hugo sanft.

»Was dann?« Der Rothaarige nahm ein weiteres Mal die Kopfhörer in die Hand und knetete sie. »Dann habe ich unterschrieben. Ich war zu feige, mich zu wehren. Sie hatten mir ihre Macht doch gezeigt. Sollte ich es wagen, sie nochmals zu reizen? Den Rest meines erbärmlichen Lebens auch noch aufs Spiel setzen? Mir blieb nur noch meine Frau. Gwendolyn. Sie durfte ich nicht verlieren.«

»Gwendolyn«, murmelte Hugo. Den Namen kannte er irgendwoher. Aber das musste ja nicht dieselbe Frau sein. »Was ist mit ihr?«

»Sie ist fast zerbrochen am Tod unserer Tochter. Sie hat nicht begriffen, dass jemand so etwas tun konnte. Sie hat nie geahnt, dass ich selbst Schuld hatte. Ich mit meiner Angst, mit meiner Unfähigkeit, das Richtige zu tun oder das Falsche aufzudecken. Sie musste für eine Weile in ein Sanatorium.« Unvermittelt sah der Fremde Hugo nochmals an. »Warum erzähle ich dir das alles?«

Hugo wischte mit der Hand durch die Luft. »Weil ich zuhöre.«

Der Fremde nickte. »Weil du zuhörst.«

»Was war dann mit deiner Frau?«

»Sie hat sich erholt, aber sie war nicht mehr dieselbe. Sie sagte nichts zu dem Mord und fragte nichts. Aber sie war seit Floras Tod unruhig, getrieben. Wir blieben zusammen, aber unsere Ehe hatte sich auch verwandelt. Wir haben beide den gleichen Verlust erlitten, doch jeder trauerte für sich. Ich stürzte mich in meine Arbeit.« Wieder lachte er sein abgehacktes, seltsames Lachen. »*Und ist der Ruf erst ruiniert, so lebt sich's gänzlich ungeniert.* Ich bin skrupellos geworden, der beste Mitarbeiter, den man sich wünschen kann. Ich stelle keine Fragen, kritisiere nicht, ziehe nicht einmal die Augenbrauen hoch.«

Wie ich selbst, dachte Hugo, ich habe auch nie Fragen gestellt.

»Und deine Frau?«, fragte er abermals. »Was war mit ihr?«

»Sie hat sich zur Sozialpflegerin ausbilden lassen. Ausgerechnet. Sie arbeitet in einem Heim. Schwester Gwendolyn, die Verständnisvolle. Sie ist diejenige, die den Dementen ihre Illusionen lässt. Wenn die Alten denken, dass sie im Park auf dem Weg zur Arbeit sind, gibt Gwendolyn ihnen ein Lunchpaket und einen Schirm, damit sie ihn aufspannen können, falls es zu regnen beginnt. So ist meine Frau.«

»Liebst du sie?« Warum fragte er das?

»Ja, ich liebe sie. Sie ist die Einzige, die mich noch am Leben hält. Wenn ich sie ansehe, habe ich Hoffnung.«

»Kann ich verstehen.« Hugo nickte. »Zu schade, das mit deiner Tochter. Wie lange ist es jetzt her? Acht Jahre?«

Wieder betrachtete der Fremde ihn mit misstrauischem Blick. »Woher weißt du das?«

»Damals war das Lied ein großer Hit, meine Frau hat es immer gespielt.«

»Das Lied?«

»Du sagtest, dass du immer weinen musst, wenn du Christina Aguilera ›I am beautiful‹ singen hörst.«

Der Rothaarige nickte wieder.

»Meine Frau liebt das Lied auch.« Warum erzählte er das?

»Gwendolyn erträgt es nicht mehr, sie kann es nicht mehr anhören.«

»Verstehe ich.«

Sie schwiegen beide. In Hugos Kopf arbeitete es. Etwas wollte in sein Bewusstsein drängen, eine Erinnerung.

Was war es?

Er sollte töten. Diesen Mann töten. Eine Auftraggeberin war es dieses Mal gewesen, kein Mann. Die Frau hatte verbittert geklungen. Sie schien ein persönliches Motiv zu haben. Rache. Er hatte sie an der Stimme erkannt, doch jetzt wollte ihm nicht mehr einfallen, wie ihr Name war. Eben noch hatte er ihn gewusst, jetzt war er wieder weg.

Elsa hatte mitbekommen, dass er es hier im Park tun sollte, und ihn losgeschickt. Aber nein, erinnerte er sich dann, er hatte doch beschlossen, nicht mehr zu töten. Sein Blutkonto nicht mehr weiter zu füllen. Wie hatte der Fremde vorhin gesagt? Wenn er seine Frau ansah, hatte er Hoffnung. So erging es Hugo auch. Wenn er an Elsa dachte, hatte er Hoffnung. Dass sein Blutkonto mit den Jahren verblassen würde, dass die Verstorbenen dem Vergessen anheimgegeben würden, wie es nun mal der Lauf der Dinge war. Dass man auch mit den neuesten Untersuchungsmethoden keine Spuren finden würde.

Plötzlich ging ein Ruck durch den Mann auf der Bank neben ihm, er starrte unverwandt zum Eingangstor des Parks.

»Was macht *sie* denn hier?«, murmelte er, dann sah er auf seine Armbanduhr. »Verdammt, ich müsste längst geduscht und auf der Arbeit sein.« Er stand auf, streckte sich mit einem unterdrückten Stöhnen. Hugo war seinem Blick gefolgt und hatte sofort die Frau gesehen, die durch das Tor getreten war und nun auf die Bank zu kam. Sie blieb stehen und schien zu grübeln, dann ging sie langsam weiter.

Das war Gwendolyn! Ihre Stimme war es gewesen, heute Morgen am Telefon. »Mach ihm ein Ende, er hat es nicht verdient, weiter zu leben.« War es die Gwendolyn, die auch der Rothaarige gemeint hatte? Seine Frau, die ihm Hoffnung gab und die er liebte? Bei ihrem Näherkommen bemerkte Hugo, wie sehr er sich geirrt hatte. Es war nicht Gwendolyn, sondern Elsa. Wie der Rothaarige, sprang er rasch auf, das schlechte Gewissen meldete sich.

Elsa sah den Fremden fragend an und grüßte ihn mit einem Lächeln. »Ist etwas passiert?«

»Ich bin gestürzt. Dieser nette Mann hat mir aufgeholfen, und nun haben wir uns noch ein wenig verquatscht. Ich muss los, die Arbeit wartet.«

»Und wie geht es dir, Hugo?«, wandte sie sich an ihn. »Bist du auch gestürzt?«

»Ich gehe dann, Gwendolyn. Wir sehen uns heute Abend, Liebes.«

Hugo schüttelte verwirrt den Kopf. Etwas stimmte hier nicht. Elsa nahm ihn mit beiden Händen am Arm, wie sie es immer tat.

»Wieso nennt er dich Gwendolyn?«, fragte er sie, während sie ihn behutsam in Richtung des Tores führte.

»Er nennt mich Gwendolyn, du nennst mich Elsa. Für mich spielt es keine Rolle.« Wenig später verließen sie den Park und betraten den Garten des Pflegeheims.

Sommer: Eichhorntod

Gerade war der Junge aus dem Haus gekommen und hatte sich auf den Weg zur Schule gemacht. Das Mädchen war nirgendwo zu sehen. Sie wollten jedoch nicht mehr länger warten. Meyers gab seinem Kollegen ein Zeichen. Sie gingen die Straße hinunter zu dem Haus und klingelten. Hundegebell erklang hinter der Tür. Ihre Kollegin hatte ihnen die wichtigsten Angaben zu Familie Schiller aufs Handy geschickt. Nebst dem Facebook-Profil der Frau, Jutta Schiller. Das hier würde mehr als eine Zeugenbefragung werden.

Sie klingelten bereits zum zweiten Mal, als sich die Haustür öffnete. Eine dunkelhaarige Frau um die Vierzig stand vor ihnen. Sie trug Jeans und T-Shirt. Zwei kleine, weiße Hunde lugten rechts und links neben ihren Waden hervor, das Gebell hatte aufgehört.

»Ja, bitte?«

»Guten Morgen, sind Sie Frau Schiller?«

»Ja.«

»Mein Name ist Meyers, das ist mein Kollege Dietsch. Wir sind von der Polizei. Können wir hereinkommen?«

Sie griff an den Ausschnitt ihres Shirts. »Worum geht es denn?«

»Können wir bitte hereinkommen?«

»Und Ihr Ausweis?«

Beide zogen ihren Ausweis heraus, zeigten ihn kurz vor und ließen ihn wieder in ihren Jackentaschen verschwinden.

Sie zögerte, dann trat sie einen Schritt zurück. »Bitte.« Sie ging ihnen voraus zur Küche, in der die Familie offensichtlich kurz zuvor gefrühstückt hatte. Die kleinen Hunde beschnupperten aufgeregt die Hosenbeine von Meyers und seinem Kollegen, dann trollten sie sich in ein Körbchen, das im Flur stand. »Möchten Sie einen Kaffee trinken?« Jutta Schillers Bewegungen wirkten fahrig.

»Ja, gern«, sagte Meyers.

»Nein, danke.« Dietsch betrachtete das Geschirr auf dem Tisch. Er war für drei gedeckt.

Frau Schiller nahm eine frische Tasse und stellte sie unter den Ausguss der Kaffeemaschine. Dann lud sie die Maschine mit einem neuen Pad und füllte das Wasser auf, bevor sie auf das Symbol für eine Tasse drückte. Das rote Licht blinkte, also konnte sie den Kaffee noch nicht fertig machen. Während sie all das tat, wirkte sie abwesend. In ihrem Kopf schienen sich die Gedanken zu jagen.

Sie fuhr sich mit den Händen durchs Haar, dann begann sie, das Frühstücksgeschirr vom Tisch abzuräumen, hörte jedoch gleich wieder auf. »Bitte, setzen Sie sich. Worum geht es denn? Was ist passiert?«

Das Rauschen und Brummen der Kaffeemaschine hatte aufgehört, das Licht leuchtete gleichmäßig. Sie drückte auf den Knopf und sah zu Meyers.

»Frau Schiller, ist es richtig, dass Sie eine Notaufnahmestelle für Eichhörnchen betreiben?«

Für einen Moment sah es aus, als müsse sie lachen, doch der Laut, der erklang, hörte sich eher wie ein Quieken an.

»Ja.« Sie stellte die gefüllte Kaffeetasse vor ihm ab. »Sie können das nachprüfen, es geht alles mit rechten Dingen zu. Die Leute bringen mir verwaiste Eichhörnchen aus der ganzen Umgebung. Ich ziehe sie groß und sorge für sie. Wir haben sogar viele Paten, die das alles mitfinanzieren. Wenn sie allein in der Natur überleben können, wildere ich sie aus. Und zwar in mehreren Naturschutzgebieten, nicht in der Nähe unserer Straße. Das behauptet die zwar immer, aber es stimmt nicht.« Sie hielt inne, als sie bemerkte, wie er mit Dietsch einen Blick wechselte. Sie ruckte mit dem Kopf. »Hat meine Nachbarin mich angezeigt?«

»Welche Nachbarin meinen Sie, Frau Schiller?«

»Naja, Margret Nöther. Sie bekämpft mich und die Eichhörnchen.« Er schwieg. Es war immer gut, einige Momente nichts zu sagen. Die Leute redeten dann meist von sich aus weiter und verrieten manchmal Dinge, die sie gar nicht sagen wollten. »Sie ist eine Tierhasserin.« Sie runzelte die Stirn.

»Wie lange liegen Sie mit Frau Nöther schon im Streit?«

»Das kann ich nicht genau sagen. Aber es fing an, nachdem ihr Hund gestorben war.« Sie blickte zur Seite. »Das war sehr schlimm für sie. Sie hat mir so leidgetan. Damals … Von da an änderte sie sich.« Sie straffte die Schultern und sah wieder zu Meyers. »Jedenfalls hatte ich die Eichhörnchen da schon eine Weile. Also, das muss so drei oder vier Jahre her sein. Ich weiß ja selbst, dass manche mich belächeln. Und die Nachbarn haben Angst, meine Eichhörnchen würden ihre Gärten verwüsten, die Vögel fressen und den Insekten den Garaus machen. So ein Blödsinn! Ich lasse sie hier gar nicht raus. Die wildlebenden Eich-hörnchen haben sich in der Umgebung einfach auch vermehrt ...« Sie sah von Meyers zu Dietsch. »Aber das wollen Sie gar nicht wissen. Worum geht es denn, bitte?«

»Ihre Nachbarin Frau Nöther wurde tot aufgefunden. Sie wurde ertränkt.«

Frau Schiller verschluckte sich. Hustend fragte sie nach: »Ertränkt? Wie, wo?«

Dietsch räusperte sich. »In einer Regentonne. Kein schöner Tod.«

»Und kein schneller«, fügte Meyers hinzu. »Ganz zu schweigen davon, dass es viel Kraft braucht, jemanden, der um sein Leben kämpft, auf diese Weise zu töten.« Er musterte Frau Schiller von Kopf bis Fuß.

Sie riss die Augen auf und bewegte die Schultern, als müsse sie etwas abstreifen.

»Frau Schiller, Sie sind auf Facebook recht aktiv. Ist das richtig?«

»J-ja. Verdächtigen Sie etwa mich?«

»Sie haben vor ein paar Wochen eine heftig geführte Diskussion über Ihre Eichhörnchen und das Verhalten der Nachbarschaft angestoßen. Meinten Sie mit der dort genannten Nachbarin Frau Nöther?«

Sie nickte, sämtliche Farbe wich aus ihrem Gesicht.

»Stimmt es, dass Sie Frau Nöther bedroht haben?«

»Nein.«

»Hat jemand in Ihrer Facebook-Diskussion gesagt, dass man solche Menschen am besten auf die gleiche Art bestraft, wie sie es mit den Tieren tun?«

»N-nein. Ich weiß nicht.«

Dietsch zog sein Smartphone heraus und wischte darauf herum. Dann las er laut vor. »*Man sollte diese Tierhasser genauso bestrafen. Damit sie merken, was sie den Tieren antun.* Das schreibt ein Hugo Beutelsend auf Facebook zu Ihrem Posting. Sie haben *Gefällt mir* geklickt, Frau Schiller.«

»Das kann schon sein. Aber ich würde niemals –«, sie brach ab. Ihre Miene drückte Unsicherheit aus, beinahe Schuldbewusstsein.

Meyers straffte die Schultern. »Frau Schiller, wo waren Sie vergangenen Abend und letzte Nacht zwischen zwanzig und vierundzwanzig Uhr?«

Sie stieß ein ungläubiges Lachen aus. Es klang wie ein Grunzen. »Zu Hause. Wo denn sonst?«

»Kann das jemand bezeugen?«

»Meine Familie.« Sie stockte.

»Die ganze Zeit?«

»Also, mein Sohn war gestern Abend noch bis zehn bei der Bandprobe, und meine Tochter hat bei einer Freundin übernachtet. Mein Mann hatte Nachmittagsdienst und ist erst gegen elf nach Hause gekommen.« Sie verzog das Gesicht. »Sieht nicht gut aus für mich, oder?«

»Wir befragen Sie lediglich, Frau Schiller. Wir müssen uns erst mal ein Bild verschaffen. Wie gut kennen Sie Christa Brockmann?«

»Christa? Sie ist eine Freundin von mir. Sie wohnt im Haus oberhalb von Margret.«

»Ist sie mit Frau Nöther befreundet?«

»Ja.«

»Hat der Nachbarschaftsstreit das Verhältnis zwischen Ihnen und Christa Brockmann belastet?«

Sie schlug die Arme um den Oberkörper. »Ja, schon. Margret wollte Christa den Umgang mit mir verbieten. Aber warum fragen Sie das? Sie können Christa doch selbst befragen.«

»Das haben wir bereits«, sagte Dietsch. »Sie ist in einem mitgenommenen Zustand.« Meyers zischte, um ihn zum Schweigen zu bringen.

»Warum?«, folgte die unausweichliche Frage von Frau Schiller.

Meyers zögerte, dann rückte er damit heraus. »Nun, sie hat die Leiche gefunden.«

Jutta Schiller schlug sich die Hand vor den Mund. »Wie furchtbar! Christa hat sie gefunden?«

»Ja, sie musste den Hund in den frühen Morgenstunden rauslassen, weil er noch nicht stubenrein ist. Der Hund schlug am Zaun zum Nachbargrundstück an und beruhigte sich nicht wieder. Deshalb ging Frau Brockmann durch die Verbindungstür auf das Land von Frau Nöther. Dort hat sie die Leiche entdeckt.« Noch mehr Details würde Meyers vorerst nicht verraten. Er wollte die Reaktion von Frau Schiller sehen, bevor er ihr die wichtigste Frage von allen stellte.

Sie wirkte entsetzt und irritiert. Er konnte nicht einschätzen, ob sie es nur spielte. »Das ist so furchtbar! Sie müssen mir glauben, dass ich mit dem Mord nichts zu tun habe. Und Christa ganz sicher auch nicht. Sie ist so eine Seele von Mensch!« Sie schüttelte den Kopf.

»Frau Schiller, wissen Sie, wer Robin Hood ist?«

Sie erstarrte. Es war offensichtlich, dass sie es wusste. »Warum fragen Sie das?«

»Frau Brockmann sagte, Robin Hood stecke dahinter.«

Mehrere Wochen zuvor

»Jutta? JUTTA!« Margrets Stimme zitterte vor Wut.

Jutta stand hinter dem Vorhang der Terrassentür verborgen und sah zum Nachbargrundstück hinüber, von dem aus ihr Name erscholl. Laut, vorwurfsvoll. Ihre Nachbarin Margret, gekleidet in Latzhose und Gartenschuhe, balancierte eine Schaufel vor sich her und stapfte zum Zaun. Sie blickte zum Haus herauf, als könne sie Jutta hinter dem Vorhang stehen sehen. Ihre Haltung war ein einziger Vorwurf. Sie bewegte die Schaufel bei jedem Ruf ruckartig nach vorne. Wenn sie nicht achtgab, würde das, was sie darauf herumtrug, herunterfallen. Vermutlich in Juttas Garten, was womöglich ihre Absicht war.

»Jutta, ich weiß, dass du da oben stehst, komm sofort heraus!«

Was hatte sie auf die Schaufel geladen? Einen Haufen Katzenkot mit Erde, den sie in ihrem Beet gefunden hatte? Oder einen Hundehaufen aus dem Vorgarten? Jutta war sich nicht ganz sicher. Es war eigentlich zu hell für Tierkot. Und zu groß. Und es hatte einen roten, dicht behaarten Schwanz. Jedenfalls wenn man genau hinsah. Das Bündel war klitschnass, alle Haare lagen eng am Körper und am Schwanz an, der nun nur wie eine dünne Rute aussah.

Jutta wurde übel, beinahe schwarz vor Augen. Noch im Öffnen der Terrassentür warf sie einen prüfenden Blick auf die Volieren in ihrem Garten, die durch mehrere Drahttüren gesichert waren. »Kids' World« war in bunten Buchstaben über den Eingang gepinselt. Die Eichhörnchen, die dort lebten, warteten auf ihre Auswilderung. Jutta stieg die Treppe der Terrasse hinunter.

Margret erblickte sie. Sofort hielt sie ihr die Schaufel entgegen, sodass Jutta genau erkennen konnte, dass ihr Verdacht richtig gewesen war: Die Leiche eines Eichhörnchens lag darauf. Eines ertrunkenen Eichhörnchens.

»Was soll ich damit jetzt machen, he? Wo werde ich diesen Scheißkadaver los? Am besten geb ich's dir rüber, du weißt ja, wie man mit den Viechern umgehen muss.«

Jutta spürte den Zorn, der ihr Herz fest gegen ihren Brustkorb pochen ließ. Hatte Margret noch immer nicht genug? Sie konnte nichts sagen, während sie mit großen Schritten zum Zaun ging.

»Das ist doch eins von deinen, oder etwa nicht? Ist in meiner Regentonne ersoffen.«

Jutta war am Zaun angekommen. Es gab ihr einen Stich, das tote Hörnchen auf der Schaufel liegen zu sehen. Sie mochte sich den Kampf nicht ausmalen, den das bedauerliche kleine Tier in den letzten Minuten seines Lebens ausgefochten hatte. Dabei hatte sie Margret genau wie alle anderen Nachbarn schon so oft darüber aufgeklärt, dass sie mit einem schlichten Ast in den Tonnen Eichhörnchen das Leben retten konnten, wenn sie ihre Fässer schon nicht abdecken wollten. Auch ein Fliegengitter würde die kleinen Nager sowie alle anderen Tiere vor einem Absturz ins tödliche Nass bewahren.

Margret streckte einen Arm über den Zaun und krallte die Hand in Juttas Schulter, noch bevor sie etwas sagen konnte. »Jutta!« Es klang wie eine Drohung, Margrets Gesicht verzerrte sich und glich immer mehr einer Fratze aus der Geisterbahn. »Jutta!« Ihre Stimme hörte sich an wie der heisere Ruf eines Monsters. Was geschah hier?

»Jutta, wach auf, du träumst.« Die Klaue an ihrer Schulter verwandelte sich in eine Menschenhand. Die ihres Mannes, der sie vorsichtig schüttelte, um sie aufzuwecken. Immer wenn es keine Babys aufzuziehen gab, schlief Jutta tief und fest. Im Moment waren nur fast ausgewachsene Eichhörnchen da, also brauchte sie sich nicht alle zwei Stunden den Wecker zu stellen.

»Ach, Tim, ich habe wieder von *ihr* geträumt.« Sie rieb sich über die Augen. »Wann hört das endlich auf? Weißt du, ich habe schon darüber nachgedacht, nachts heimlich rüber zu klettern und einen Ast in jedes Regenfass zu stellen.« Leider war ihr böser Traum keine Ausgeburt ihrer Fantasie, sondern spulte Nacht für Nacht in ihrem Kopf ab, was erst vor einigen Tagen in der Realität passiert war.

»Tu das nicht, damit provozierst du sie nur, und sie wird dich noch mehr hassen.«

Margret Nöther war früher eine liebenswerte Nachbarin gewesen. Sie hatte einen Hund besessen und Tiere geliebt. Margret, ihre beste Freundin Christa Brockmann und Jutta waren oft zusammen mit den Hunden spazieren gegangen. Sie hatten es nicht weit aus dem Ort hinaus in die Natur. Die Felder, Wiesen und Waldstücke, die den Ort umgaben, waren ihr Revier. Manchmal fuhren sie auch mit einem ihrer Autos in den Wald von Von der Heydt. Dort konnten die Hunde im Weiher schwimmen.

Dann, vor sechs Jahren, hatte Jutta zum ersten Mal ein Eichhörnchenbaby aufgelesen, das aus einem verlassenen Kobel gefallen war. Das Muttertier und die Geschwister des Kleinen waren vermutlich einem Marder zum Opfer gefallen. Seitdem hatte sie ihr Herz an die putzigen Fellbündel verloren, die ohne sie keine Chance in freier Wildbahn hätten. Zuerst hatten Margret und Christa ihr Engagement noch bewundert, auch wenn sie manchmal den Kopf schüttelten.

Aber dann starb Margrets Hund. Von da an zog sie sich zurück. Sie wollte sich keinen neuen Hund anschaffen und ging nicht mehr mit ihren Freundinnen spazieren. Speziell die Freundschaft zu Jutta ließ sie nach und nach auslaufen. Zuerst nickte sie nur noch, anstatt zu grüßen. Dann berichtete sie hasserfüllt, Eichhörnchen belagerten ihre Nistkästen und vertrieben die Vögel. Außerdem würden sie Insektenhäuschen zerstören, die sie in ihrem Garten für die Bienen und Hummeln aufgehängt hätte. Juttas Beteuerungen, dass das wild lebende Eichhörnchen seien und nicht die von ihr großgezogenen, glaubte sie nicht. Juttas Tipps, wie sie die Eichhörnchen von Nistkästen fernhalten könne, schlug sie in den Wind. Ihre Bitte, die Regentonnen tiersicher zu machen, missachtete sie und nahm es in Kauf, dass einmal sogar ein Kätzchen darin ertrank. Sie wurde immer wunderlicher. Mit Christa blieb sie weiterhin befreundet. Die beiden waren schon seit Kindertagen Nachbarinnen, während Jutta erst nach ihrer Hochzeit hergezogen war.

Eines Morgens hatte Christa Jutta erklärt, dass sie sich nicht mehr so oft sehen könnten, weil Margret das nicht wollte. Sie hatte sie traurig angesehen und die

Schultern hochgezogen. »Es tut mir so leid, Jutta. Aber du weißt ja, wie sie ist. Ich bleibe trotzdem deine Freundin.«

Nachdem die Kinder in der Schule waren, sie ihre kleinen Schützlinge versorgt und mit ihnen geschmust hatte, setzte Jutta sich an ihren Laptop und loggte sich auf Facebook ein. Dort fand sie Zuspruch von anderen Tierfreunden, und viele kontaktierten ihre Notrufstelle über das Internetforum. Im Moment war es noch ruhig, aber diesen Sommer, der gerade erst eingesetzt hatte, würde sie wieder viele Eichhörnchen zur Pflege bekommen, da war sie sicher. Sie suchte das Posting, in dem sie vor ein paar Tagen ihrer Wut Luft gemacht hatte, und schob den Cursor zum »Bearbeiten«-Button. Sollte sie das gesamte Posting und die Diskussion, die sich angeschlossen hatte, löschen?

Margret war nicht auf Facebook registriert. Aber wer sie kannte, wusste, welche Nachbarin gemeint war. Sie las den Thread noch einmal durch. Ihre Freunde und Kontakte hatten ihr zugesprochen, durchzuhalten. Trotzdem war es ein trauriger Anblick. Sie hatte viele weinende Smilies gepostet. An dem Tag war sie untröstlich gewesen. Sollte sie alles löschen? Dann wäre die gesamte Diskussion von der Oberfläche verschwunden und nur noch in irgendwelchen Online-Speichern konserviert. Aber dann las sie nochmal eines der mutmachenden Postings und entschied sich, es stehen zu lassen. Vielleicht würden Bekannte von Margret auch den Links folgen, die zu neutralen Internetseiten führten und erklärten, dass das Verletzen oder Töten von Eichhörnchen sogar unter Strafe stand.

»Pling.« Jutta zuckte zusammen. Jemand hatte ihr eine Privatnachricht geschickt. Sie klickte auf das Symbol, um den Messenger zu öffnen.

›Du machst dich nur unglücklich. Versuch, die Nachbarin zu ignorieren. Ein guter Freund.‹

Sie klickte auf den Kontakt. Er hatte sich einen Phantasienamen gegeben: Robin Hood. Auf dem Profilbild war eine Comicabbildung des Helden zu erkennen. Das Profil enthielt nicht viele Angaben, Jutta konnte sich keinen Reim darauf machen.

›Wer bist du? Und warum rätst du mir das? Magst du keine Tiere?‹, tippte sie in die Chatzeile.

›Doch! Aber ich mag auch Menschen. Deshalb kenne ich sie. Und du machst dich unglücklich. Das hilft niemandem. Den Eichhörnchen geht es besser, wenn sie nicht von deinen Nachbarn gekillt werden.‹

›Es ist bisher nur eines, und es war ein wildes. Ich kenne meine Schützlinge alle, auch wenn sie nach dem Auswildern zu Besuch kommen.‹ Aber er hatte noch nicht gesagt, wer er war.

›Wer bist du?‹, wiederholte Jutta ihre Frage.

›Spielt keine Rolle. Ich meine es nur gut mit dir. Menschen wie M. sind verbohrt und steigern sich in ihren Hass hinein. Irgendwann landet ihr vor Gericht, wetten?‹

Juttas Puls beschleunigte sich. Robin Hood wusste, wer die Nachbarin war, die sie in ihrem Posting nicht namentlich genannt hatte!

›Warum willst du mir nicht sagen, wer du bist?‹

›Warum sollte ich?‹

›Woher kennst du M.?‹

Der grüne Punkt neben Robin Hoods Namen verschwand. Er oder sie hatte sich ausgeloggt. Jutta versuchte, über das Profil mehr herauszufinden. Außer ein paar Profilfotos und Titelbildern gab es nichts. Es waren ausschließlich Abbildungen des Helden aus Film und Fernsehen und Naturaufnahmen. Robin Hood musste seine Einstellungen so gewählt haben, dass niemand auf seiner Chronik etwas posten konnte. Offenbar trat er mit niemandem in Interaktion, sondern las nur mit. Seltsam.

Sie surfte noch eine Weile im Internet, bevor sie sich der alltäglichen Routine widmete. Robin Hoods Worte gingen ihr nicht aus dem Sinn. Aber sie wollte sich nicht unterkriegen lassen. Warum sollten die Eichhörnchen weniger schützenswert sein als Insekten oder Vögel? Sie dachte weiter, wie immer, wenn sie in dieses Gedankenkarussell geriet. Warum hassten manche Menschen Katzen und Hunde so sehr, dass sie sogar Köder auslegten, die die Tiere elendig verrecken ließen? Es war erst ein halbes Jahr her, seit Christa ihren Golden Retriever auf diese Weise verloren hatte. Er war innerlich verblutet. Selbst eine Notoperation hatte ihn nicht mehr retten können. Christas Familie war wie gelähmt gewesen. Jutta hatte versucht, ihre Freundin zu trösten. Seitdem telefonierten sie beide regelmäßig miteinander. Mittwochs, wenn Margret in ihrem Fitnessstudio »Mrs. Sporty« war, besuchte Christa Jutta sogar wieder. Sie holte sich ihre wöchentliche Kuschelration ab, wie sie es nannte.

Heute war Mittwoch. Die beiden tranken auf der Terrasse eine Tasse Kaffee. Jutta beschloss, Christa nach Robin Hood zu fragen. Sie hatte seinen Namen in Christas Freundesliste gesehen.

»Sag mal, weißt du, wer Robin Hood ist? Auf Facebook, meine ich.«

»Robin Hood? Nein.«

»Du bist mit ihm befreundet. Er oder sie hat mich heute kontaktiert. Ich solle die Nachbarn ignorieren.«

»Hm …«, machte Christa vage. »Darf ich mir meine Kuschelration abholen?«, fragte sie dann und stand auf.

»Klar, wir geben ihnen ein paar Nüsse.«

Später, als sie das Häuschen wieder verließen, machte Jutta einen neuen Versuch. »Und du hast keine Ahnung, wer hinter Robin Hood steckt? Es könnte auch eine Frau sein.«

Christa riss die Augen auf und blickte an Jutta vorbei. »Mist«, zischte sie.

»Ach ne!«

Jutta fuhr beim Klang von Margrets Stimme herum. Die Nachbarin stand in ihrem Garten, sah herüber und hatte die Hände in die Hüften gestemmt. Christa schien in sich zusammenzusacken.

»Das verstehst du also unter Freundschaft?«, spie Margret aus.

Christa schloss einen Moment die Augen, dann huschte sie zu Juttas Terrasse, als könne sie sich auf diese Weise unsichtbar machen.

Unglaublich, welche Macht Margret über ihre Freundin hatte. Anscheinend war die Freundschaft zwischen den beiden im letzten halben Jahr immer komplizierter geworden. Es war offensichtlich, dass Margret sich in eine extreme Haltung hineinsteigerte, die sie auf immer mehr Menschen ausweitete. Jutta blickte sie an und fühlte, wie sich in ihrem Magen ein Klumpen bildete. Es war sicher besser, gar nicht mit ihr zu reden. Sie entschied sich für ein einfaches »Hallo« und folgte Christa, die inzwischen im Haus verschwunden war.

Die Freundinnen verabschiedeten sich. »Kommst du nächste Woche wieder?« Jutta sah sie abwartend an. »Wir können sie nicht gewinnen lassen. Sie nimmt uns den letzten Rest unserer Freundschaft.«

Christa straffte die Schultern. »Nein, wir lassen sie nicht gewinnen. Ich komme nächsten Mittwoch wieder. Und übrigens – wir werden wieder einen Hund haben. Die Kinder und Ralph wünschen ihn sich so. Und ich vermisse auch einen tierischen Mitbewohner. So geht das nicht weiter.«

Nachdenklich schloss Jutta die Tür hinter Christas Rücken. Sie hatte recht, so ging das nicht weiter.

Christa saß am PC. Sollte sie das Bild des Welpen hochladen? Sie zögerte noch, doch dann fragte sie sich, wovor sie eigentlich Angst hatte. Wollte sie vor Margret wirklich kuschen? Nein! Außerdem hielt Margret sich von Facebook fern. Sie wollte weder im echten Leben noch virtuell Freundschaften pflegen. Kurzerhand klickte sie auf das Symbol der Kamera und lud ein Foto hoch, auf dem sie den Welpen in ihren Armen hielt. Mit ihren Kindern und ihrem Mann hatte sie den zukünftigen Familienzuwachs schon dreimal besucht, damit er sich mit ihren Gerüchen vertraut machen konnte. Die ganze Familie freute sich auf Balu – so sollte er heißen. Noch war der Bobtail klein wie ein

Teddybär, aber er würde rasch zu voller Größe heranwachsen. Sie hatten sich für diese gutmütige und familienfreundliche Rasse entschieden, weil sie einen großen Garten hatten und Christa die Ausflüge vermisste, die sie bis zum Tod ihres Retrieverrüden täglich gemacht hatte. Früher immer mit Margret, dann mit Margret und Jutta. In den letzten paar Jahren allein. Warum konnte nicht alles wieder so sein wie früher?

Sie spürte ihren schnellen Herzschlag. Wie würden die ersten Reaktionen ausfallen? Sie tippte einen kurzen Text zum Foto.

›Darf ich vorstellen: Balu. Er wird bald zu uns kommen und die Familie vergrößern – in jeder Hinsicht. ☺‹

Dann klickte sie auf »Posten« und bemerkte, dass ihre Finger vor Aufregung feucht waren.

Es dauerte nur wenige Minuten, bis sie die ersten Likes bemerkte, gefolgt von ein paar netten Kommentaren ihrer Kontakte.

Jutta schrieb: ›Yippieh, dann können wir endlich wieder zusammen in den Wald gehen! Was für ein charmanter kleiner Kerl. Er wird sich mit Finchen und Strolch sicher gut verstehen. Auch wenn er ungefähr fünfmal so groß ist. *lol*‹

Lächelnd klickte Christa auf den »Like«-Button und tippte rasch: ›Darauf kannst du wetten.‹

Es fühlte sich befreiend an. Der Gedanke an Margret wurde leichter. Margret, mit der sie seit ihrer Schulzeit befreundet war, und die jetzt allein und verbittert in ihrem Elternhaus wohnte. Was würde sie sagen, wenn sie herausfand, dass bald wieder ein Hund im Nachbargarten herumtollen würde? Aber irgendwo musste doch noch die Frau in ihr verborgen sein, die ihren eigenen Jack Russell Terrier innig geliebt hatte. Christa konnte einfach nicht verstehen, wie ein Mensch sich so sehr ändern konnte – vom Tierfreund zum Tierhasser. Sie loggte sich aus dem Profil aus und in ihr anderes Profil ein.

›Eine großartige Familienrasse‹, tippte sie unter ihr Posting. ›Balu wird euch viel Freude machen.‹

Es bereitete ihr immer noch ein aufregendes Kribbeln, wenn sie in diese andere Identität schlüpfte. Sie half ihr, wieder stark zu werden.

»Pling.« Christa zuckte zusammen. Jemand hatte ihr eine Privatnachricht geschickt. Sie klickte auf den Messenger. Es war Jutta.

›Heyho, Robin Hood. Wieder da? Warum bist du letztes Mal so plötzlich verschwunden?‹

Mist! Was sollte sie antworten? Robin Hood verlieh ihr Mut. Jutta war eine Freundin, und hatten sie nicht erst gestern gemeinsam entschieden, dass es mit Margret so nicht weitergehen konnte?

›Verpflichtungen.‹ Das musste als Antwort reichen.

›Verrätst du mir heute, wer du bist?‹

›Warum sollte ich? Wenn ich wollte, dass jeder weiß, wer ich bin, würde ich mich nicht Robin Hood nennen, oder?‹

›Das ist feige. Dann sag mir wenigstens, ob du ein Mann oder eine Frau bist.‹

›Robin Hood ist ein Mann, würde ich sagen.‹

›Also bist du einer?‹

›Robin Hood ist einer.‹

›Hahaha, du rückst nicht mit der Sprache heraus. Aber egal. Ich habe gesehen, dass du ein Posting meiner guten Freundin Christa kommentiert hast. Bist du aus unserer Ecke?‹

›Welche Ecke meinst du?‹

›Köllertal? Woher kennst du Christa denn?‹

›Ich bin aus dem Saarland und kenne viele Saarländer und Saarländerinnen. Ich versuche zu vermitteln, wo es eskaliert.‹

›Also nimmst du es von den Reichen und gibst es den Armen? ☺‹

Christa musste lachen. ›Irgendwie schon. Ich vermittle zwischen den reichlich und minder Bemittelten, wenn du verstehst, was ich meine.‹

›Warum habe ich das Gefühl, ich müsste dich kennen?‹

›Einbildung.‹ Christa loggte sich aus. Mist, ahnte Jutta, wer sie war? Sie loggte sich nochmal in ihr normales Profil ein. Die Zahl der Likes unter dem Hundefoto war auf über zwanzig gestiegen. Eine Bekannte hatte gepostet:

›Ohje, hoffentlich hält die Nachbarin das aus. Der traue ich alles zu!‹

Christa erschrak. Was sollte das heißen?

›Was meinst du damit?‹

›Ich sage mal: Köder als Fallen?‹

Ihr wurde übel. Sie loggte sich aus und fuhr den PC herunter. Soweit würde Margret doch niemals gehen … Sie waren Freundinnen. Der Gedanke ließ sie nicht mehr los. Bald gesellten sich Bilder dazu. Margret mit ihren vier Regentonnen, die sie immer offen stehen ließ, obwohl nicht nur ein Eichhörnchen, sondern auch schon mal eine Katze darin ertrunken war. Ihr hasserfülltes Gesicht, wenn sie über Jutta sprach.

Ihr Schwur, sich nie wieder einen Hund oder eine Katze zuzulegen. Ihre Eifersucht gegenüber allen Bekannten, mit denen sie, Christa, sich abgab.

So ging das nicht weiter. Sie würde mit ihr reden. Sie würde an die Margret von früher appellieren und versuchen, ihre liebevolle Seite wieder zu wecken.

Eine Woche später erzählte Christa beim Mittwochskaffee Jutta von ihrem Gespräch mit Margret.

»Du hast ihr wirklich von Balu erzählt?«, fragte Jutta, während sie dem Eichhörnchenbaby mit einer Spritze Milch einflößte. Ein Neuzugang von vorgestern. Der Winzling nahm die Nahrung gut an und war bereits kräftiger geworden.

»Ja, ich musste! Wir bekommen ihn nächste Woche.« Sie strahlte. »Wir haben schon alles für ihn gekauft. Körbchen, Spielsachen, einen neuen Fressnapf. Den alten Transprotkennel hatten wir noch im Keller. Der ist noch tiptop.«

»Wie hat sie auf die Nachricht reagiert?«

»Ich kann es noch nicht genau einschätzen. Aber ich hoffe einfach, dass sie sich von seinem Charme einwickeln lässt. Sie war doch früher so eine tierliebe Frau. Ich will die alte Margret wieder zurück haben.«

»Von dem Flöckchen hier war sie jedenfalls nicht begeistert.« Jutta legte das Eichhörnchen mit dem weichen Tuch, in das es gewickelt war, auf ihren Schoß. Sie schlug das Tuch zur Seite und begann, mit den Zeigefingern behutsam seine Ärmchen und Beinchen zu bewegen. »Sie hat mich wieder beschimpft.« Sie sah auf und verzog das Gesicht. »Ich kann die alte Margret nirgendwo in ihr entdecken. Und jetzt, wo es

43

seit drei Tagen regnet, sind ihre Todesfallen ja wieder randvoll gelaufen. Mir wird schlecht, wenn ich nur daran denke.«

»Wir müssen es einfach versuchen. Ich gehe mit Balu zu ihr rüber, sobald er da ist. Ich frage sie, ob wir mal gemeinsam in den Wald fahren. Und wenn das klappt, kommst du beim nächsten Mal auch mit.« Christa stand auf und verabschiedete sich. Sie würde nicht aufgeben. »Bleib nur sitzen, ich finde den Weg.«

Sie verließ das Haus und spannte den Schirm auf, dann ging sie die drei Stufen vor Juttas Haustür hinunter. Plötzlich kam sie ins Straucheln. Sie drehte sich um, um zu sehen, worüber sie gestolpert war. Es war ein kleines Fellbündel mit einem roten, langen Schwanz, der grotesk dünn aussah, weil die pludrigen Haare klatschnass anlagen. Genau wie das übrige Fell. Die Luft blieb ihr weg. Keuchend stolperte sie die drei Stufen wieder nach oben und klingelte. Nur einen Moment später stand Jutta in der Tür. Finchen und Strolch, ihre Hunde, bellten aufgeregt.

»Was …?« Dann fiel ihr Blick auf das verendete Eichhörnchen. In der einen Hand hielt sie noch das Bündel mit Flöckchen, die andere Hand schlug sie sich vor den Mund. Wie abgesprochen sahen sie nach oben zum Nachbarhaus. Gerade schloss sich die Haustür.

»Aber willst du ihn nicht mal kennenlernen?« Christa stand mit Balu auf den Armen vor Margrets Haus. Diese hatte ihr die Tür vor der Nase zugeschlagen. Christa streckte die Hand aus und klingelte. Nichts geschah. Sie läutete erneut. Dann setzte sie Balu ab, der Welpe legte sich neben ihren Füßen flach auf den sonnenbeschienenen Boden. Christa drückte auf den Knopf und ließ den Finger darauf. Ein Dauerschrillen war durch die Tür zu hören.

»Hör damit auf!« Margret schrie es durch die geschlossene Tür.

»Margret, du sollst ihn doch nur mal kennenlernen. Komm heraus und mach dich mit ihm bekannt. Du hast doch früher selbst einen Hund gehabt.« Die Verzweiflung ließ ihre Stimme heller klingen, als sie es wollte. Doch dann öffnete sich die Tür, Margret sah sie durch einen Spalt an. Dann richtete sie ihren Blick auf Balu. Der drehte sich auf den Rücken und streckte die Beinchen in die Luft. Er verrenkte sich fast, um zu den beiden Frauen aufzuschauen.

»Siehst du, er ist ein ganz harmloser«, begann Christa. »Ich würde mich so freuen, wenn du wieder mit uns in den Wald kämst. Und mit Jutta. Wir können unsere Freundschaft wiederbeleben.«

Margret schnaubte. Ihr Blick verlor jegliche Weichheit, die er vielleicht beim Anblick des Welpen gehabt hatte. Vielleicht hatte Christa sich das aber nur eingebildet.

»Bleib mir mit dem Köter vom Leib. Unten Eichhörnchen und zwei ungezogene Hunde, oben jetzt auch noch ein Riesenhund. Und ich soll das alles still ertragen? Mit mir nicht. Ich habe den Stress mit den Eichhörnchen, die mir alle Vögel fangen. Und Hundehaufen, in die ich dauernd reintrete. Von der Katzenkacke ganz zu schweigen. Diese boshaften Viecher machen bevorzugt in die Gemüsebeete.« Sie verengte die Augen zu Schlitzen. »Wird Zeit, dass ich wieder Leberwurst einkaufe.«

Christa stockte der Atem. Was deutete Margret da an? War sie es doch gewesen? Hatte sie die Köder für Hunde und Katzen ausgelegt, gespickt mit Rasierklingen?

Ihre Knie wurden weich. Sie wankte nach Hause. Es wurde Zeit für Robin Hood. Er würde sich um diese Sache kümmern.

Herbst: Jump and Run

Der Ausblick vom Fuß des Turms auf das Umland war verstörend schön, aber keiner nahm sich Zeit dafür. Vicky war zurück im Saarland, auf dem Schaumberg. Wie beschaulich es hier war, hatte sie vergessen oder verdrängt. Ihr Blick wanderte über die bunten Hügel, die sich in der Abendsonne hin und her zu wiegen schienen. Es war einer dieser sogenannten goldenen Herbsttage. Inzwischen brach die blaue Stunde an, es würde rasch dunkel werden. Von überall her drangen Gerüche an die Nase, die Bilder im Kopf erzeugten – Bilder der ersterbenden Natur. Vicky musste lachen. Ihre morbiden Gedanken passten zum Spiel. Die anderen fuhren zu ihr herum, zischten oder warfen ihr verärgerte Blicke zu. Ihr Spielleiter, Cay, fixierte sie unter zusammengezogenen Brauen.

Wie die anderen ihn wohl empfanden? Vicky fragte sich, ob sie noch aussteigen konnte. Nun hatte sie sich in der Ferne ein Leben aufgebaut, besuchte die Uni, schrieb immer bessere Programme und hatte sich in der Szene bereits einen Namen gemacht. Niemand kannte die reale Person, die hinter den Spielen stand, und das war gut so. Den Abschluss zu machen, war reine Formsache. Er würde sie nur ein Lächeln und ein wenig Arbeitseinsatz kosten.

Warum nur hatte sie beschlossen, an dem Spiel selbst teilzunehmen, wo ihre Welt doch die virtuelle war? Die anderen könnten es auch ohne sie durchziehen. »Jump and Run« hatte Cay es genannt. Eine

Reminiszenz an die Anfänge in ihrer Kindheit. Wie witzig.

»Etwas mehr Ernsthaftigkeit, Vicky!« Cay, der »Boss«, ließ beim Reden die Brauen wieder nach oben schnellen.

Vicky kniff die Augen zusammen. »Es ist ein *Spiel*.«

Cay spitzte die Lippen, sagte aber nichts weiter dazu. Wenn die anderen Teilnehmer und Teilnehmerinnen nicht schon so heiß auf das Spiel wären, würde Vicky vermutlich doch einen Rückzieher machen. So zwinkerte sie Nelly zu, die neben ihr stand – wie sie selbst in einen unauffälligen braunen Jogginganzug gekleidet. Vickys ehemalige Nachbarin und Spielkameradin trug die Haare in einem Pferdeschwanz und hatte das Gesicht mit brauner Theaterschminke vollgeschmiert. Vicky hatte sich den Spaß gemacht, ihre Wangen und die Stirn mit Schwarz, Braun und Grün zu färben. Wenn ein argloser Spaziergänger sie sehen würde, müsste er sie für verrückt halten. Aber um diese Zeit waren nur noch sehr wenige Fußgänger unterwegs.

»Treffpunkt ist die Abteikirche, alles klar?«

Sie nickten zu Cays in militärischem Tonfall ausgespuckten Worten.

»Um zehn ist Zapfenstreich. Wer bis dahin nicht in der Kirche ist, scheidet aus. So, noch mal durchzählen, bitte. Mit Namen.«

»Viktoria – hier.« Alle starrten Vicky an. »Ähm, eins.« Sie verbiss sich das Lachen.

»Nelly, zwei.«

»Kevin, drei.«

Vicky warf einen verstohlenen Blick auf Streusel. Inzwischen hatte er keine Pickel mehr, aber damals in der Schule hatten sie ihm den Spottnamen verpasst. Sehr nett waren sie wirklich nicht mit ihm umgegangen. Kevin war in den Fliesenlegerbetrieb seines Vaters eingestiegen. Man sagte, sie könnten sich vor Aufträgen kaum retten. Vicky gönnte es ihm, genauso wie seine baldige Hochzeit mit Sarah.

»Sarah, vier«, erklang deren Stimme als nächste. Sie grinste Vicky an. Die beiden waren schon im Kindergarten beste Freundinnen gewesen und unzertrennlich, bis Vicky zum Studieren endlich aus Tholey weggezogen war, nach Heidelberg. Wie es im Leben nun mal war, hatte sie dort neue Freunde gefunden und war nur noch selten in die Heimat zurückgekehrt.

»Leander, fünf.« Er war ein Neuzugang. Ein sympathischer Typ, groß, blond, mit einem offenen Lächeln. Nach nur fünf Minuten hatte er zu Vicky gesagt, er könne nicht verstehen, warum sie aus dem Saarland weggegangen sei. Sie hatte ihre Gründe.

»Sunny, sechs.«

Sunny, die ihren Spitznamen dem Lieblingssong ihres Vaters verdankte, und Vicky hatten damals gemeinsam die Abiturfeier organisiert. Am Anfang war alles super gelaufen ... Sie schob die Erinnerung weg. Das war Geschichte und sollte es auch bleiben.

»Justus, sieben.« Da war er also, der Musterknabe. Er hatte sich nicht verändert. Wie es hieß, stand er kurz vorm zweiten Staatsexamen. Jura im Turbogang ... Niemand zweifelte daran, dass er ein hervorragender Staatsanwalt werden würde. Dass er bei diesem kindischen Spiel mitmischte, machte ihn fast sympathisch.

Damit waren sie vollzählig.

»Ihr kennt eure Richtungen. Seid wachsam. Ich habe mir einiges für euch einfallen lassen.« Cay feixte. »Die Entfernung bis zur Abteikirche ist für jeden gleich. Folgt euren Markierungen. Das wird der Run eures Lebens!«

Sie waren in unterschiedliche Richtungen aufgebrochen, und laut Cay sollten sie einander nicht begegnen. Fluchend suchte Vicky nach ihren Markierungen. Sie waren in diesem Licht auf den dunklen Baumstämmen kaum zu finden. Vicky bahnte sich bereits seit zehn Minuten einen Weg durch Bäume und Gestrüpp, und von den versprochenen Hindernissen hatte sie noch nichts bemerkt. Vielleicht legte Cay sie auch bewusst rein, weil sie selbst solche Spiele fürs Internet entwickelte. Als Überraschung quasi, nur für sie. Wäre ja ein echter Witz, zum Totlachen.

Ein Ächzen drang an ihr Ohr. Es brach abrupt ab, und obwohl sie die Stimme nicht hatte erkennen können, war sie sich sicher, dass es ein Mensch gewesen war. Sie blieb stehen und lauschte. Abgesehen von den nächtlichen Waldgeräuschen und dem weit entfernten Straßenlärm herrschte Ruhe. Plötzlich kribbelte die Haut in ihrem Nacken, jemand beobachtete sie!

Mit einem tonlosen Schnauben schlug sie sich seitwärts ins Unterholz, verließ den Pfad – der sowieso nur in Cays Kopf existierte. Halb blind wühlte sie sich durch Farn, Hecken und Bäume zu der Stelle, von der aus sie meinte, das Geräusch gehört zu haben. Dort vorn war es ein bisschen heller, sie konnte etwas Glänzendes vor den dunklen Bäumen erkennen. Es sah aus wie ein schräg stehender Ast, an dem jemand einen bunten Lappen befestigt hatte. Anscheinend stieß sie doch auf den Trail eines der anderen Teilnehmer. So war es nicht geplant gewesen, die Abstände hätten viel größer sein sollen.

Sie näherte sich dem Ast und sah, dass das Helle eine Metallspitze war, wie von einer Lanze. Etwas Dunkles hatte Schlieren darauf hinterlassen. Entsetzt kauerte Vicky sich hinter einen Baum. Einen irrwitzigen Moment hoffte sie, dass die anderen sie auf den Arm nahmen. Die grausame Szenerie erinnerte an ein Setting aus einem der allerersten Computerspiele, die sie damals gespielt hatten. Am Boden lag jemand. Das Ganze war so arrangiert, als habe die Lanze ihn durchstochen, und es sah verdammt echt aus. Außer einem braunen Jogginganzug konnte Vicky nicht viel erkennen. Die Gestalt bewegte sich nicht, das Gesicht war nach unten gewandt. Hing von der Mitte des Hinterkopfs ein Pferdeschwanz herunter? Nelly!

Ein saurer Schwall stieg Vicky in die Kehle, sie schluckte krampfhaft. Das war kein Spiel! Hektisch blickte sie in alle Richtungen und wagte sich erst dann aus der Deckung. Kaum hatte sie einen Schritt hinter dem dicken Baumstamm hervor getan, hörte sie ein Knacken aus der entgegengesetzten Richtung. Sie hielt inne und sah, wie dort Sarah aus dem Dunkel der Bäume auf Nelly zu stürmte und neben ihr in die Knie ging. Die Dunkelheit und die Tarnschminke in ihrem Gesicht verbargen jede Regung. Aber ihre Stimme, als sie »Nelly?« rief, klang panisch.

Vicky wagte einen Schritt aus der Deckung heraus, da hörte sie ein Zischen und spürte einen Lufthauch.

Sie zuckte zur Seite. Was auch immer an ihr vorbeiflog – es verfehlte sie. Sarah dort vorn riss den Kopf hoch und fasste mit der Hand nach ihrer Stirn, dann sank sie wie eine Stoffpuppe zusammen, ihr Oberkörper sackte nach hinten. Vicky warf sich auf den Boden. Ihre Atemzüge rauschten überlaut in den Ohren, und sie bemerkte kaum die Erdkrümel, die sie einsog.

Sie musste weg! Sie konnte sich nicht rühren.

Plötzlich hörte sie Geräusche hinter sich. Waren es Schritte, die sich schnell durch das Laub auf sie zu bewegten? Sie schnellte hoch und rannte seitwärts zwischen die Bäume. Weg von dem Grauen!

Vicky stolperte durch die Neumondnacht und sprang den Berg hinunter, abseits aller Wege. Die Bäume und das Gestrüpp, die Wurzeln auf der Erde bremsten sie. Jump and Run – das stimmte jetzt wortwörtlich. Gedanken drängten sich in ihren Kopf, aber der Zwang zu entkommen beherrschte alles andere. Raus aus dieser Horrorwelt! Es spielte keine Rolle mehr, ob sie die Routen der anderen kreuzte.

Aus ihren tief vergrabenen Erinnerungen stiegen Bilder herauf. Nelly und Sarah, ihre Freundinnen. Justus, der Musterknabe.

Die Brust tat ihr weh beim Atmen. Die Lichter von Tholey wurden in der Ferne zwischen den Bäumen sichtbar. Vicky drehte sich nicht um, wagte nicht, stehenzubleiben und auf Schritte zu lauschen. Überall schienen schwarze Schemen nach ihr zu greifen, sie rannte weiter. Bis ihr etwas die Beine wegriss. Reflexartig stieß sie die Hände nach vorn, doch der Sturz war zu heftig. Ihre Arme knickten ein, mit dem Gesicht schlug sie hart auf dem Waldboden auf, ein

Ästchen bohrte sich in ihre Wange. Sie spürte den Schmerz nicht, sondern drehte sich um, wusste bereits, worüber sie gefallen war. Es war groß und warm und lag reglos auf der Erde. Ein Mensch. Sie untersuchte sein Gesicht mit den Fingern, fühlte nach dem Puls, nichts – und unterdrückte mit Gewalt einen Schluchzer, als sie die winzigen Vernarbungen unter der überschminkten Haut ertastete. Kevin! Wieso nicht Justus? Alles lief falsch!

Einem Impuls folgend grub sie nach dem Smartphone in ihrer Hosentasche, doch dann traute sie sich nicht, es herauszuziehen und einzuschalten. Der Bildschirm des Handys würde verraten, wo sie war.

Mit zitternden Fingern tastete Vicky die Erde um die Leiche ab. Sie konnte nicht erkennen, was ihn getötet hatte. Vorsichtig bewegte sie sich rückwärts. Da sah sie einen Schritt entfernt etwas schimmern. Vielleicht eine Waffe? Sie griff danach und triumphierte: eine Machete! Langsam robbte sie zurück und stand zwischen den Bäumen auf. Nichts rührte sich. Vielleicht hatte der Angreifer ihre Spur verloren.

Vicky rannte los, weiter in Richtung Tholey, und fuhr zusammen, als das Smartphone an ihrem Oberschenkel vibrierte. Ohne nachzudenken blieb sie stehen und zog es heraus, tippte auf die eingegangene SMS. Sie war von Cay! »Abbruch. Komm zur Kirche. Polizei ist informiert.«

Zwischen Panik und Erleichterung schwankend blickte sie zur Abteikirche, deren angestrahlte Turmhaube sie bereits im Nachtlicht erkennen konnte. Während sie den Ort erreichte und durch die Straßen dorthin rannte, erinnerte sie sich daran, wie sie vor vielen

Jahren in ihrem Kommunionkleid neben Justus vor das Hauptportal gezogen war. Dann musste sie an die Einschulungsfeier im Hochwaldgymnasium denken, auch da hatte sie neben Justus gesessen. Dann die Abifeier, Vicky in ihrem dunkelroten, kurzen Abschlusskleid. Sie versuchte, die Erinnerung zu verdrängen, aber die Bilder waren wieder da. Jahrelang hatte sie sie unterdrückt, jetzt tanzten sie vor ihren Augen, während sie verzweifelt auf die Kirche zu lief.

Nelly hatte ein langes Kleid getragen. Sarah und Kevin hatten ausgesehen wie ein Paar aus *Highschool Musical*. Sie waren so stolz gewesen, dass sie das Abi gepackt hatten!

Vicky stolperte die Stufen hinunter auf das Portal zu, öffnete das Tor, huschte hinein und schob den schweren Vorhang beiseite. Dann betrat sie das Kirchenschiff. Hinter ihr drehte sich geräuschvoll ein Schlüssel im Schloss. Sie wirbelte herum. Justus schlüpfte zwischen den Vorhängen hervor. Er trat auf sie zu. Das war falsch! Wieso er? Wo war Cay?

Es war alles wieder da. Alles. Vicky riss die Hand nach vorn, darin hielt sie die Machete aus dem Wald. Mit beiden Händen umfasste sie den Griff, um das Zittern zu überspielen. Es gelang ihr nicht.

Justus schnaubte verächtlich. »Die wird dir nichts nützen. Genau wie damals. Da hattest du Pfefferspray in deinem Täschchen. Erinnerst du dich? Alle hattet ihr Pfefferspray, um euch gegen die bösen Buben zu wehren.«

Endlich hatten die Bilder in ihrem Kopf aufgehört, sich zu bewegen.

»Leg doch das Ding zur Seite.« Er deutete auf die Machete. »Lass uns reden. Hier stört uns niemand.« Mit einer ausholenden Armbewegung umfasste er die Bänke und Säulen. Sie waren im zuckenden Schimmer der Votivkerzen und des ewigen Lichts beim Tabernakel nur schemenhaft zu erkennen.

Vicky sah in Justus' Augen das Flackern, das sie seit Jahren zu vergessen suchte.

»Die anderen sind immer noch auf ihren Trails, die hängen jetzt in den Fallen fest.«

»Du hast das alles geplant?« Aber wie war das möglich? Ahnte Cay bereits davon? Wo war er? Er hatte doch etwas von Polizei geschrieben.

»Natürlich.« Justus blieb stehen, deutete mit beiden Händen auf seine Brust, eine Geste, die seine Selbstverliebtheit unterstrich. Das war er damals schon gewesen. Selbstverliebt. Vickys Pech, dass er außerdem nur sie liebte. Oder was er für Liebe hielt. Sie hatte lange gebraucht, bis sie begriff, dass er glaubte, Vicky sei sein Eigentum. Dass der wunderbare Justus Engler sie auserwählt hatte, hätte sie mit Demut und Dankbarkeit erfüllen sollen. Das war es zumindest, was er ihr ins Ohr flüsterte, nachdem er das Pfefferspray zur Seite geschlagen, sie herumgewirbelt hatte und von hinten wie in einem Schraubstock gefangen hielt.

»Warum?« Vickys Hände hörten auf zu zittern. Er unterschätzte sie. Sie sah in seinem Blick, dass er nicht damit rechnete, auf ernsthaften Widerstand zu stoßen. Die Machete zwischen ihnen schien er nicht mehr wahrzunehmen. Ihr jedoch verlieh sie Sicherheit. »Ich habe doch all die Jahre geschwiegen«, fügte sie hinzu.

»Ja, das hast du. Kluges Mädchen! Trotzdem, das musst du verstehen. Ich werde jetzt bald mein Studium beenden und eine glänzende Karriere starten. Bereust du es eigentlich, dass du nicht an meiner Seite sein wirst?«

Vicky zog die Brauen hoch und schwieg. Mochte er es als Zustimmung deuten.

»Wie auch immer. Ich schlafe seit ein paar Monaten schlecht. Habe Albträume von deinen Freundinnen und Kevin. Die drei waren zwar sturzbetrunken damals, aber ich weiß ja nicht, wie viel sie von unserem Liebesspiel wirklich mitbekommen haben. Was, wenn sie sich plötzlich an die Wahrheit erinnern?« Er schüttelte den Kopf, ihr drehte sich der Magen um, krampfhaft schluckte sie.

»Ich habe Cays Spielplan nur wenig abändern müssen. Er konnte das vorher nicht bemerken. Nun ja, für Nelly, Sarah und Kevin ist bereits gesorgt ... Die anderen sind bloß in den Fallen gefangen, denen passiert nichts. Die ahnen nichts, geht sie ja auch nichts an.« Er zuckte die Achseln. »Cay ist der Sündenbock. Pech für ihn. Nachdem ich herausgefunden hatte, dass er die anderen drei ermordet hat – und dich –, griff er mich an. Notwehr.«

Vicky taumelte.

Sein Blick huschte zurück zum Eingang. »Du hast seine Leiche nicht mal bemerkt, oder?« Er kicherte. Ihr Herz zog sich schmerzhaft zusammen, und doch wurde sie innerlich eiskalt.

»Mir ist schon lange klar, dass du für mich eine Bedrohung bist. Sie könnten mich an der Narbe identifizieren. Menschenbisse sind fast so gut wie ein Fingerabdruck.«

»Aber die Narbe sieht man kaum noch.« Sie spürte wieder den Schmerz von damals, als er seine Zähne in ihre Schulter geschlagen, ihren Slip zur Seite geschoben und ihr ihre Würde, ihr Selbstbewusstsein, alle Lebensfreude genommen hatte.

»Trotzdem, du musst das verstehen.« Fast bedauernd wirkte sein Blick, als er einen Schritt auf sie zu machte. Sie versuchte, zurückzuweichen, stieß gegen den Seitenteil der Kirchenbank hinter ihr. Er griff mit der Hand nach der Klinge der Machete und begann, sie zur Seite zu drücken. Vicky hielt dagegen, doch er war stark. Dass sein Blut herunter tropfte, schien ihn nicht zu stören.

Plötzlich bauschten sich die Vorhänge in seinem Rücken. Ein schrecklicher Engel brach hervor, sprang mit einem einzigen großen Satz hinter Justus und stieß ihn in den Rücken, auf Vicky zu. Sie stürzte, durch die Bänke abgelenkt, auf die kalten Steinplatten. Die Luft blieb ihr weg, als Justus auf sie fiel und der Machetengriff sich in ihren Magen bohrte. Seine Miene war erstaunt, er runzelte die Stirn, dann kippten die Augäpfel zur Seite, Blut blubberte in Blasen aus seinem Mund, und er sackte vollends auf ihr zusammen.

Cay war es, der ihn zur Seite zerrte. »Der ist ja völlig irre«, stieß er aus, bevor er selbst ohnmächtig zusammenbrach. Sein Sweatshirt war voller Blut.

Ein Jahr ist seit jenem Tag im November vergangen, und Vickys böse Träume lassen endlich nach. Beinahe hätte Justus es geschafft und Vickys Racheplan ins Gegenteil verkehrt. Doch er hat Cay unterschätzt.

Die Polizei klärte den Fall rasch auf. Cays Aussage wischte jeden möglichen Verdacht gegen einen der Teilnehmer weg. Ihr gemeinsamer Spielplan war wasserdicht gewesen, und Justus' Manipulationen führten zu ihm als einzigem Täter. Für Sarah Pfeilgift zu verwenden, war sein größter Fehler gewesen. Diesen Mord konnte man nicht als Spielunfall tarnen, wie es mit Nellys und Kevins Tod möglich gewesen wäre. Vielleicht hatte Justus diese Fehler gemacht, weil er nicht genug Zeit in die Planung investiert hatte. Bis heute hat Vicky nicht ganz verstanden, zu welchem Zeitpunkt Justus ihren Plan entdeckt hat, der ihn selbst bei dem gemeinsamen Spiel durch einen tragischen Unfall ums Leben kommen lassen sollte. Womöglich hatte er Nachrichten von ihr abgefangen. Offenbar hatte er Vicky jahrelang gestalkt und genau nachverfolgt, wie sie sich ihre Rache vorstellte und mit Cays Hilfe im Spiel »Jump and Run« hatte verwirklichen wollen.

Erst nach Justus' Tod wurden Vicky und Cay ein Paar, erst da war sie wieder frei.

Die Tragödie, dass Justus Vickys Kindheitsfreunde Nelly, Sarah und Kevin ermordet hat, wird sie niemals verwinden. Die drei wurden an einem wunderschönen Herbsttag zu Grabe getragen. Ihre Heimat, das Saarland, besucht Vicky nicht mehr. Ihre Mutter zündet täglich drei Kerzen in der Abteikirche in Tholey an.

»Kommst du ins Bett, Liebes?«, hört sie Cays Stimme. Sie spürt Bewegungen in ihrem Bauch und legt sacht die Hand darauf. Es ist Zeit, denkt sie, und löscht den gesamten Mailwechsel, den sie damals, vor ihrem Spiel »Jump and Run«, mit Cay geführt hatte. Damit vernichtet sie die letzten Spuren. Das ist sie dem ungeborenen Kind schuldig.

»Ich komme«, sagt sie und fährt den PC herunter.

Winter: Adventsüberraschung im Zwergenwald

Als Laura in das Parkhaus am Dom einfuhr, überkam sie eine feierliche Gelassenheit. Der Weihnachtsmarkt in Sankt Wendel hatte für sie eine zwar kurze, aber lebendige Tradition. Vor fünf Jahren war sie nach ihrer Promotion ins Saarland gekommen, um ihre Stelle im Klinikum anzutreten. Seitdem besuchte sie in jedem Advent den winterlichen Markt, dessen Buden um die Wendalinusbasilika herum aufgebaut waren. Sie vermisste ihre Heimatstadt Lübeck und deren historischen Weihnachtsmarkt, den sie schon in der Schulzeit mit ihrer Freundin Magali regelmäßig besucht hatte. Doch immer, wenn sie durch das für diese Zeit extra errichtete Eingangstor in die Fußgängerzone trat und über die herrlich duftenden Spezereien hinweg ihre geliebten Kartoffel-Speck-Waffeln erschnupperte, fühlte sie sich angekommen.

Heute hatte sie Magali und Alex chauffiert, beide ebenfalls Ärzte am Klinikum. Magali kannte den Sankt Wendeler Markt noch nicht. Alex hatte sich hingegen zunächst geziert. »Das ist was für Kinder«, hatte er sich geäußert. Typisch.

»Na, da bin ich ja mal gespannt, ob du mich mit deinem Weihnachtsmarkt verzaubern kannst«, sagte er jetzt, als sie zu dritt zum Ausgang des Parkhauses gingen.

Laura warf ihm unter den dicht getuschten Wimpern einen Blick zu, von dem sie genau wusste, wie er wirkte. »Ich werde dich ganz sicher heute überraschen!« Wie erwartet wurde Alex' Grinsen noch ein bisschen breiter.

Magali zog sich ihre Beanie-Mütze über die langen Haare und ähnelte wieder mal mehr einer Abiturientin als einer approbierten Kinderärztin. Sie lächelte kokett. »Da bin ich aber auch gespannt!« Dann hängte sie sich bei Axel ein. »Wie fühlst du dich?«

Laura ging den beiden voraus die Treppe hoch und richtig – kaum hatte sie das Parkhaus verlassen, konnte sie bereits die schweren, süßen Düfte des Weihnachtsmarkts riechen. Sie drehte sich zu den beiden um und sah, wie Alex Magali kurz drückte, als sie durch die Tür kamen. Seine braunen Augen strahlten wie die eines Kindes an Heilig Abend. Er sah schön aus. Es gab Laura einen Stich.

»Ich könnte Bäume ausreißen.« Sein Lachen hallte ein wenig zu laut. »Ich fühle mich, als wäre ich wiedergeboren.«

»Das kann ich mir vorstellen.« Magali nickte.

»Ob Leons Eltern das auch so sehen würden?«, konnte Laura sich nicht verkneifen zu sagen. Doch sie wollte die Stimmung nicht verderben. Deshalb blieb sie vor den beiden stehen, streckte förmlich die Hand aus und sagte: »Ich habe dich noch gar nicht beglückwünscht.« Unwillkürlich ergriff Alex ihre Rechte und drückte sie. »Herzlichen Glückwunsch, dass du den Kopf aus der Schlinge ziehen konntest«, sagte sie.

Er zog sie an sich, sie erwiderte seine Umarmung kurz. Als sie sich zurückzog, befeuchtete er seine Lippen. »Danke.«

»Wohin zuerst?« Magali sah Laura fragend an.

»Ich brauche jetzt eine dieser Waffeln. Folgt mir.«

Sie ging zielstrebig zwischen den Buden hindurch zu der Stelle, an der die Landfrauen in den letzten Jahren immer ihr Häuschen aufgebaut hatten. Von allen Seiten beschallten sie kitschige Weihnachtslieder. Laura zog ihre Lederhandschuhe über. Ganz bewusst hatte sie sie heute ausgewählt, genau wie ihren fast bodenlangen Mantel mit den riesigen, aufgesetzten Taschen. Darin konnte sie unauffällig ganze Tüten mit gebrannten Mandeln verstauen.

Wenig später standen sie neben der Holzbude und ließen sich zu »Jingle Bells« die deftigen Waffeln schmecken. Immer wieder versuchte Alex, ihr tief in die Augen zu blicken, doch sie ließ sich nicht auf sein Spiel ein. Magali schien davon nichts zu bemerken.

»Du musst heilfroh sein, dass du diese Sache noch vor Heilig Abend hinter dich bringen konntest, Alex.« Magali pustete auf ihre Waffel. Ihre Brille lief von dem aufsteigenden Dampf an.

Alex nickte kauend. »Kann ich bitte ein Weihnachtsbockbier haben?«, rief er den Frauen hinter dem Tresen zu. »Ihr auch?«

»Ich möchte lieber einen Glühwein«, erklärte Magali. Laura bestellte sich einen Kinderpunsch.

»Ihr könnt mir glauben, die Geschichte mit dem Jungen hat mir die letzten paar Monate wirklich zugesetzt! Es war das erste Mal, dass ich einen Patienten verloren habe.« Tatsächlich wirkte sein Blick für einen Moment verzweifelt, doch als er sein Bier bekam und einen tiefen Zug nahm, verflog der Eindruck. »Niemand hat Schuld.«

»Ich glaube, wenn man als Arzt ohne so etwas durchs Leben kommt, hat man einfach Riesenglück gehabt.« Magali biss sich nachdenklich auf die Lippen. »Das ist mein absoluter Albtraum. Ich habe ja jeden Tag mit den Kids und den Eltern zu tun.«

Laura wusste, dass Magali auf der Kinderstation bei Schwestern und Patienten gleichermaßen beliebt war. Sie war zwar noch nicht lange dabei, aber man konnte bereits erkennen, dass sie ihrer Berufung gefolgt war. Magali nahm sich Zeit für die kleinen Patienten und war eine der wenigen, die sich auch in die Lage der Eltern versetzen konnten. »Und ich bin mir sicher, dass die Gefahr im Krankenhaus viel größer ist als in einer Praxis. Ich meine, das hätte jedem passieren können, Alex!« Ihre Stimme wurde beim letzten Satz leise.

Laura warf den Pappteller und die Serviette in den Mülleimer. »Das Risiko einer Sepsis besteht immer«, sagte sie. Ihr Magen zog sich zusammen. »Aber es ist nicht zu fassen, dass Leon daran sterben musste.« Sie schauderte. Wieder bekam Alex diesen verzweifelten Blick. Und wieder nahm er einen tiefen Zug aus der Flasche. Den Rest seiner Waffel warf er weg, dann legte er einen Arm um Laura.

»Danke. Es tut gut zu wissen, dass ihr zu mir haltet.«

»Wollen wir weitergehen?«, fragte Magali, die ihre Waffel nun auch aufgegessen hatte. »Ich möchte unbedingt den Mittelaltermarkt sehen.«

Das Gedränge zwischen den Buden wurde dichter, sie kamen nur langsam voran. Es hatte zu schneien begonnen, und bald würde es dunkel sein. Mit einem Frösteln zog Laura ihre Handschuhe wieder an. Sie lächelte Magali herzlich zu. »Weißt du, ich finde es bewundernswert, mit welchem Instinkt du dafür gesorgt hast, dass Leon noch am selben Tag operiert wurde.«

Alex runzelte die Stirn. »Wollen wir nicht das Thema wechseln? Eigentlich sind wir doch zum Feiern hier, oder?«

Magali zögerte, dann griff sie nach seiner Hand. »Machen wir.«

»Trotzdem …«, Laura sah der Freundin in die Augen. »Wenn du nicht so aufmerksam gewesen wärst, hätte der Junge bis zum nächsten Tag oder sogar über das Wochenende da liegen müssen.«

Magali schauderte. »Ja, das war furchtbar. Man konnte auf den MRT-Bildern genau den Eiterbeutel erkennen. Der Junge muss wahnsinnige Schmerzen gehabt haben.«

Alex legte den Arm um Magalis Schultern. »Du bist eine Heldin. Schon Scheiße! Es war eine total einfach OP.«

Eine total einfache OP. Genau. Hinterher hatten sie den gesamten Fall aufgerollt: Als der Oberarzt den Eiterbeutel eröffnet hatte, spritzte ihm das Sekret entgegen. Die Stelle war ein wenig ungünstig, am Ellbogen, doch mit Komplikationen war nicht zu rechnen. Der Arzt hatte eine Drainage in die Wunde gelegt, damit eventuell nachfließendes Sekret herauslaufen konnte. Alles sah gut aus, und zwei Tage später konnte der Assistenzarzt – Alex – das Röhrchen aus der Wunde entfernen. Die Infektionswerte stiegen nach dessen Eingriff jedoch sprunghaft an. Warum keine der Therapiemaßnahmen bei Leon griff, ließ sich nicht genau klären.

Als Laura den Leichnam des zehnjährigen Jungen auf den Tisch bekam, brach sei beinahe zusammen. Es war niemals leicht, die Leichen von Kindern zu obduzieren, doch bei Leon waren alle so glücklich über den Verlauf der OP gewesen! Seiner Genesung hatte nichts im Wege gestanden. Deshalb hatte Laura sich während ihrer freien Tage auch keine Sorgen gemacht. Und deshalb traf der Anblick seines kleinen Körpers auf der Metallbahre sie unvorbereitet. Durch welche Umstände es zu der tödlich verlaufenden Sepsis gekommen war, ließ sich nicht hundertprozentig feststellen. Gegen einen bestimmten Verdacht konnte sie sich jedoch nicht wehren. Nichts deutete darauf hin, dass die Operation selbst unsachgemäß vonstattengegangen war. Der Oberarzt war außerdem ein alter Hase. Es gab keinen Anlass, an seiner Kompetenz zu zweifeln. Was danach passiert war, konnte man jedoch nur noch mutmaßen. Die Entzündung am Ellbogen hatte dafür gesorgt, dass keine Fehler nachzuweisen waren. Die Wunde sah katastrophal aus. Glück für Alex.

»Hey, was grübelst du herum, schöne Frau?« Alex riss Laura aus ihrem Gedankenkarussell. Er legte den Arm um ihre Taille und zog sie an sich. Ein Hauch Bockbier schlug ihr entgegen, als sie sich bemühte, ihn anzulächeln. Mit einem Kopfschütteln vertrieb sie die Bilder aus der Pathologie und erwiderte seine Umarmung, dann befreite sie sich.

»Da sind wir schon.« Magali zeigte auf die Buden des Mittelaltermarkts, die nicht so viele weihnachtlich-kitschige Verzierungen aufwiesen wie die anderen Hütten, die aber trotzdem eine besondere, vorweihnachtliche Atmosphäre verbreiteten. »Kommt ihr mit zur Tränke? Ich möchte unbedingt ein Glas heißen Hypocras. Mir ist kalt.«

Wenig später beobachteten sie eine junge Frau, die über ihrem schweren Leinenkleid einen Überwurf aus Fell trug, und ihnen aus einem Krug den warmen Würzwein in tönerne Becher schöpfte. Der Boden war in diesem Teil des Markts mit Stroh ausgestreut worden. Falls dies für warme Füße hatte sorgen sollen, verlor sich die Wirkung mit dem stärker werdenden Schneefall.

»Auf die moderne Medizin.« Alex hob seinen Becher. Die beiden Frauen stießen mit ihm an. Laura trank einen winzigen Schluck. Sie mochte den Zimt- und Ingwergeschmack, doch sie musste einen klaren Kopf behalten. Alex' Trinkspruch kam ihr wie Hohn vor.

»Es war blankes Glück für mich, dass das Urteil so ausgefallen ist, nicht wahr?« Er blickte Laura tief in die Augen. »Ich bin ein echter Glückspilz!«

Magali kniff kurz die Lippen zusammen und nahm einen weiteren Schluck aus ihrem Becher. »Du schon …«, sagte sie. Laura entzog sich Alex' Griff und wandte sich der Freundin zu.

»Wie meinst du das?«

»Leons Eltern hatten weniger Glück.«

Alex boxte ihr gegen den Oberarm. »Hey, das ist unfair.«

»Unfair?« Magali lachte bitter auf und ließ den Blick zwischen Laura und Alex hin und her wandern. Laura bedauerte die Posse, die sie Magali gegenüber spielen musste. Sie wusste, dass die junge Ärztin sich am Anfang in den charmanten Womanizer verliebt hatte. Alex hatte sich unberechenbar verhalten. Vermutlich wollte er sich nicht festlegen. Magali hatte es begriffen, aber ob sie es akzeptieren konnte?

»Ich sage dir, was unfair ist: Wenn du einen Jungen hast, der wochenlang unter Schmerzen leidet, ohne dass jemand sagen kann, woher sie kommen. Wenn der Junge im Krankenhaus notoperiert wird, weil eine Mutter, eine Krankenschwester und eine junge Ärztin ein bisschen genauer und länger hingeschaut haben als alle anderen.« Magali verschränkte die Arme vor der Brust. »Wenn dieser Junge alles gut überstanden hat und dann plötzlich sterben muss, nachdem ein junger Chirurg ihm die Drainage gezogen hat ... Das ist unfair!« Sie griff nach ihrem Tonbecher und kippte den Wein in einem Zug. Mit einem solchen Ausbruch hatte Laura niemals gerechnet. Magali schien den Alkohol nicht zu vertragen. Bisher hatte sie nie angedeutet, dass sie Alex für schuldig hielt. Dass *auch sie* ihn für schuldig hielt.

Alex blieb der Mund offenstehen. Magali griff nach Lauras Becher und nahm daraus einen Schluck.

»Willst du behaupten, dass ich schuld bin?«

»Gar nichts behaupte ich. Der Fall ist verhandelt und abgeschlossen. Herzlichen Glückwunsch, du *Glückspilz*!«

»Ähm, wie wär's? Wollen wir zum Zwergenwald gehen?« Laura nahm Magali den Becher aus der Hand – er war leer – und gab ihn ab. Dann zog sie die Kollegin mit sich. Alex folgte ihnen. Der Ausbruch hatte ihn offenbar kalt erwischt. Seine Schultern hingen nach vorne, als er hinterher schlurfte. Laura lotste sie zu den

Buden mit den Zwergenfiguren. Sie reihten sich in das Gedränge ein. Ganze Schlangen von Eltern und Großeltern zogen mit kleinen und größeren Kindern an den Schaubuden vorbei, in denen, wie in überdimensionalen Puppenhäusern, Szenen mit Zwergen aufgebaut waren. Wie jedes Jahr fühlte Laura sich an die Märchenparks ihrer Kindheit erinnert. Sie hatte gewusst, dass Leon diesen Zwergenwald liebte. Das hatten seine Eltern ihr erzählt. Bei der Szene, in der ein Radrennen dargestellt war, blieb sie stehen. Sie hatte ein Bild gesehen, auf dem Leon, etwa sechsjährig, mit seinen Eltern an dieser Bude stand und auf den Zwerg deutete, der als Sieger ins Ziel kam. Wieder schlich sich Leons Anblick in ihren Kopf. Mit geschlossenen Augen, totenbleich, seine schwarzen Haare hatten die Haut noch durchscheinender wirken lassen.

Laura vergaß, wo sie war. Leons Mutter war seit seinem Tod nicht mehr dieselbe Frau. Der Vater hatte sich in Arbeit geflüchtet und lebte, als hätte es das Kind nie gegeben. Laura wusste dies alles, obwohl niemand ihre Verbindung zu dem Jungen und seinen Eltern kannte. Wie sehr hatte sie sich bemüht, einen Schuldbeweis zu finden, doch nichts war stichhaltig gewesen. Nur Vermutungen, die vor Gericht nicht galten. Täglich starben Menschen in Krankenhäusern an Keimen, die sie sich dort eingefangen hatten. Aber doch nicht kerngesunde Kinder, die ihr ganzes Leben noch vor sich hatten!

Ein Arm schob sich um Lauras Mitte, Magali lehnte sich gegen sie. »Soll ich uns noch etwas zu trinken holen?«

Verstohlen blinzelte Laura die Träne weg, die sich

in ihren Augenwinkel geschlichen hatte.

»War doof von mir, vorhin.« Magali zeigte auf Alex. »Es war doch nichts nachzuweisen, oder? Du weißt das doch, du als Rechtsmedizinerin.«

Laura zog fröstelnd die Schultern hoch.

»Nein«, sagte sie schlicht. In Alex' Blick sah sie Dankbarkeit. »Holst du uns noch so einen Mittelalterglühwein?« Laura zog ihre Geldbörse aus der Handtasche und gab Magali einen Zwanziger. »Ich bin an der Reihe«, sagte sie.

Magali nahm das Geld und warf einen Blick über die dicht an dicht gedrängten, warm eingepackten Menschen zum Eingangstor des Zwergenwalds. »Das wird jetzt ein bisschen dauern. Aber macht nix. Die Zipfelmützen hier sind eh nicht mein Ding.«

Nachdem Magali im Gewühl verschwunden war, griff Laura nach Alex' Arm. »Können wir an den Rand gehen? Mir wird es hier zu voll.«

Sie zog Alex zu einer Stelle an der Alten Stadtmauer zwischen zwei Buden. Nervosität befiel sie, als sie die rechte Hand in ihre Manteltasche gleiten ließ und dort das Futteral ertastete. Nun musste sie alles auf eine Karte setzen.

»Ich sagte doch, dass ich eine Überraschung für dich habe, Alex …« Sie lächelte. Wie erwartet blitzte in seinen Augen Vorfreude auf. Er kam einen Schritt näher, doch sie drehte sich ein bisschen zur Seite. Er folgte ihrer Bewegung, wodurch er mit dem Rücken zur Stadtmauer zum Stehen kam. Nun hatte sie zwar die Menschen nicht mehr im Blick und würde nicht sehen, wann Magali wieder aufkreuzte, aber das nahm sie in Kauf. Sie trat zurück, ein bisschen nur, und sah ihn unverwandt an, dabei öffnete sie leicht die Lippen. Er lächelte, offenbar siegesgewiss, und trat heran, bis er sie beinahe berührte. Er senkte den Kopf und sah ihr tief in die Augen.

»Komm, überrasch mich«, flüsterte er.

Sie lachte gurrend. »Nicht so schnell. Zuerst möchte ich dir eine Geschichte erzählen.«

»Okay, dann mal los.«

»Eine Freundin studierte gemeinsam mit mir Medizin.«

»Oh Wunder, oh Wunder.« Er lächelte.

»Sie schloss mit summa cum laude ab und investierte noch zwei Jahre in ihre Promotion.«

»Und wo ist da die Überraschung?« Alex versuchte, sie an sich zu ziehen. Laura hielt Abstand und zog ihre Handschuhe über die Handgelenke. »Es ist kalt«, murmelte sie. »Kurz vor der Promotion wurde sie ungewollt schwanger. Es kam für sie niemals infrage, das Kind abtreiben zu lassen. Aber behalten konnte sie es nicht, dazu waren die Umstände zu ungünstig.« Laura hob die Schultern und sah Alex an, als müsse sie sich für das Verhalten der Freundin entschuldigen.

»Kann ich verstehen«, brummelte Alex. Er wirkte verstimmt, vermutlich, weil er nicht sah, wohin Lauras Geschichte führen sollte und was sie mit der in Aussicht gestellten Überraschung zu tun hatte.

»Sie brachte das Kind also zur Welt und gab es zur Adoption frei. Das ist ihr nicht leichtgefallen, aber es war das Beste. Meine Freundin hat zu den Eltern des Kindes Kontakt gehalten. Sie hielten sie über die Entwicklung des Jungen auf dem Laufenden. Er ist zu einem gesunden, fröhlichen Kind herangewachsen.

Diese Freundin hätte ihm niemals die Zeit und Aufmerksamkeit schenken können, die er von den Adoptiveltern bekam.«

Wieder hielt Laura inne. Ob Alex ahnte, worauf sie hinauswollte? Mit der linken Hand hielt Laura Alex' Rechte, ihre zweite hatte sie in die Manteltasche gesteckt. Als sie darin den Griff umfasste und mit Daumen und Zeigefinger das Futteral vom Schaft lockerte, warf sie einen gehetzten Blick über die Schulter. Die Menschen waren mit den Zwergen, den Kindern und sich selbst beschäftigt. Niemand schenkte dem Pärchen an der Stadtmauer Aufmerksamkeit. Von Magali war nichts zu sehen.

Alex keuchte. »Ist dieser Junge etwa … ist es Leon?«

»Genau. Dieser Junge ist Leon.« Sie brach ab und sah ihm in die Augen, sah die Erkenntnis, die sich darin breitmachte.

»Ist das nicht ein unfassbares Schicksal?«, fuhr sie fort. »Leons Eltern konnten keine Kinder bekommen. Sie waren schon fast zu alt, um für eine Adoption zugelassen zu werden, und dann hat es doch noch geklappt.«

Alex hustete trocken. Er ließ Lauras Hand los und griff stattdessen nach ihrem Arm. »Glaub mir, ich verfluche den Tag, an dem das passiert ist.« Seine Augen füllten sich mit Tränen. Für einen Moment schwankte Laura. Alex litt! Er war nicht so abgebrüht, wie sie gedacht hatte.

Für eine Sekunde erstanden die Räume des Instituts wieder vor ihren Augen. An einem der letzten Tage hatte sie es ausgetestet. An einem Schweinekadaver.

Schweinefleisch und Menschenfleisch waren einander ähnlich. Sie hatte die Schweinehälfte aufgehängt und sich davor gestellt. Jedes Mal, wenn sie das Messer von hinten in die kalte Fleischmasse gerammt hatte, wuchs in ihr die Entschlossenheit. Ob es sich bei einem lebenden Menschen genauso anfühlen würde? Sie war es gewohnt, totes Fleisch aufzuschneiden.

Akribisch hatte sie anschließend die Einstiche untersucht. Die Tiefe und den Eintrittswinkel. Welche Klinge hatte die richtige Länge und wie musste sie das Messer in ihn stoßen, um den Verdacht von sich selbst abzulenken? Das Messer durfte nicht auf sie, die Rechtsmedizinerin, hinweisen. Als sie es herausgefunden hatte, übte sie weiter. Es war nicht leicht, sie brauchte viele Testläufe. Mit jedem Angriff auf den Schweinekadaver wurde sie sich sicherer, dass sie das Richtige tat. Den Kadaver am frühen Morgen in die Verbrennung zu geben, hatte ihr eine eigenartige Genugtuung bereitet.

Und jetzt stand sie hier vor ihm und zweifelte? Fast krampfhaft umklammerte sie das Messer in ihrer Tasche. ›Sag etwas‹, dachte sie. ›Sag etwas, womit du mir einen Grund gibst. Um dich zu töten oder um dich zu verschonen.‹

Alex schien eine Art Vorhang vor seine Augen gezogen zu haben. Sie konnte keine Unsicherheit mehr in seinem Blick erkennen. Er sah über ihre Schulter auf die Menschen in ihrem Rücken. »Wo bleibt Magali? Ich habe Durst.« Dann ließ er ihren Arm los und schob ihn stattdessen in ihre Taille, versuchte, Laura eng an sich zu ziehen. Beinahe panisch zog sie die Hand mit dem Messer aus der Tasche und hielt sie hinter seinen

Rücken. Ihr Herz wummerte. Alex schien es zu spüren, doch offensichtlich zog er die falschen Schlüsse.

»Wenn eine solche Tragödie passiert, haben Menschen sich schon immer gegenseitig mit ihrer Liebe getröstet.« Er umfasste sie mit beiden Armen. Er war stark. »Tröste mich, Laura!« Sein Gesicht näherte sich, sie konnte seinen nach Bier und Wein riechenden Atem spüren und versteifte sich.

Er bemerkte es und lockerte die Umarmung, doch er ließ sie nicht frei.

»Hast du begriffen, was ich dir eben erzählt habe?«, fragte Laura. Sie konnte es nicht fassen, dass der kurze Moment der Reue schon wieder vorbei sein sollte. Vorsichtig drehte sie den Messergriff in ihrer Hand, ganz vorsichtig. Sie durfte keinen Fehler machen.

Er sah ihr in die Augen, dann zuckte er mit der Schulter. »Ich sage mir, vielleicht kommen seine Eltern leichter drüber hinweg, weil er nicht ihr leibliches Kind war.« Er verzog den Mund. »Ich versuche, so mit der Sache zurechtzukommen.«

Hatte er das tatsächlich gesagt? Hatte er ernsthaft behauptet, dass Leons Eltern ihn nicht so sehr betrauern würden, da er ein Adoptivkind gewesen war?

Sie stieß ein Schnauben aus. »Bist du wirklich so abgefuckt?«

Sie hob die Hand in seinem Rücken. Alex interpretierte die Bewegung falsch. Er lächelte erwartungsvoll. Sie kniff die Augen zusammen. Auch das nahm er nicht als Warnsignal. In der Bewegung erstarrt, sah sie ihn nur stumm an. In dieser Sekunde spielte es für sie keine Rolle, ob irgendjemand ihre Haltung und das Messer in ihrer Hand bemerken würde. Sie spürte nur ihre unbändige Wut, die seit Wochen gewachsen war. Alex hatte Leon auf dem Gewissen. Sie hatte es vom ersten Moment an gewusst, auch wenn sie den Beweis nicht antreten konnte.

Er küsste sie. Es kam unerwartet, wie ein Überfall. Fordernd schob er seine Zunge vor und als sie ihre Lippen nicht öffnete, biss er zu, sodass sie es aus Überraschung doch tat. Er stieß seine Zunge in ihren Mund, sie schmeckte Bier, Wein und ihr eigenes Blut. Er hielt sie mit beiden Armen an seinen Oberkörper gepresst, sie wusste nicht, wie sie sich befreien sollte. Ob sie sich befreien sollte. Dann übernahm ihr Rückenmark das Denken. Dieser Mann hatte Leon getötet.

Sie hob den rechten Arm und stieß zu. Selbstverständlich, sicher, ohne Zögern. Wie sie es geübt hatte. Der Einstich würde nahelegen, dass ein Mann oder eine sehr große Frau Alex erstochen hatte. Das Küchenmesser mit der langen Klinge konnte man in jedem zweiten Laden kaufen, niemand würde davon auf eine Rechtsmedizinerin schließen. Alex erschlaffte in ihren Armen, seine Zunge glitt aus ihrem Mund und sie sank unter seinem plötzlichen Gewicht in die Knie, fiel nach hinten, er auf sie. Das Messer hatte sie längst losgelassen.

»Hilfe«, schrie sie laut und grell.

»Laura«, hörte sie Magalis Stimme, dann: »Alex!« Schon kniete sie neben den beiden.

Laura wand sich unter Alex heraus. Sie war noch in diesem eigenartigen, beinahe euphorischen Zustand. Sie konnte keinen klaren Gedanken fassen. »Er hat Leon getötet«, murmelte sie, den Blick auf Magalis Gesicht geheftet. Magali legte die Finger an Alex'

Hals.

»Rufen Sie die Polizei«, rief sie in die Gruppe der Menschen, die bereits begonnen hatten, einen Halbkreis um die beiden Frauen und den Mann zu bilden, der auf dem Bauch lag. »Einen Krankenwagen. Ich bin Ärztin, dieser Mann ist tot.«

Die Menschen schienen sie nicht zu hören. Wie erstarrt gafften sie Alex an, aus dessen Rücken das Messer ragte. Erst als Magali ein zweites Mal darum bat, jemand solle die Polizei rufen, reagierte ein junges Pärchen darauf.

Niemand sah oder hörte, wie Magali leise auf Laura einsprach, während sie ihr die Handschuhe von den Händen zog. »Gib mir die, ich lasse sie verschwinden. Du möchtest sicher keine Spuren hinterlassen.«

Bis die Polizei und die KTU eingetroffen waren, hatte Laura sich wieder gefasst. Die beiden Frauen erklärten, dass ein Unbekannter Alex erstochen haben musste, als er seiner Freundin einen Kuss gab.

Wenige Tage später war der Zwergenwald für die Besucher wieder freigegeben. Ein Junge stand vor einer der Buden und zeigte auf die Zwerge mit ihren Fahrrädern. Er wollte begeistert auf seine Eltern einreden, da sah er eine große, schlanke Frau in einem fast bodenlangen Mantel. Sie lächelte ihm zu. »Ist das deine Lieblingsbude?«, fragte sie, und er nickte mit seinem Zahnlückengrinsen.

»Weißt du, ich hatte so einen Jungen wie dich. Er hat auch die Radfahrer am liebsten gehabt.«

Zum ersten Mal konnte Laura an Leon denken, ohne in Tränen auszubrechen.

Zwischen den Jahren: Angerichtet

»Wie das duftet!«, rief Lissy aus, als sie vom Esszimmer in die Küche kam. Fox hatte gerade den Römertopf geöffnet, um den Gargrad des Rinderbratens zu überprüfen, und den tönernen Deckel wieder über das lieblich schmurgelnde Fleisch geschoben. Er schloss die Backofentür, zog den Handschuh aus und drehte sich um.

»Tja, die Kids verpassen was. Das ist erstklassiges Fleisch, und der Rotwein wird der Soße den ultimativen Kick geben.« Fox liebte es, privat zu kochen, weil er die Gerichte für wenige Menschen besser abschmecken konnte. Mit Teelöffeln und Messerspitzen zu hantieren hatte für ihn viel mehr Ritualcharakter, als die Kräuter und Gewürze mit Schöpfkellen in die großen Kochtöpfe der Kantine zu schütten.

Lissy legte die Hand auf seine Hüfte und schmatzte ihm ein Küsschen auf die Wange. »Dafür waren sie doch an Weihnachten da. Beschwer dich nicht.« Die Klingel ertönte. »Ah, da kommen die Ersten.«

Lissy griff nach der Weinkaraffe, die Fox auf dem Tresen vorbereitet hatte, und stellte sie auf dem festlich gedeckten Tisch ab, bevor sie das Esszimmer durchquerte, um den Hausflur zu betreten. Kurz darauf hörte Fox die Stimme seines Bruders Mick. Dessen Worte konnte er nicht verstehen, doch Lissy klang enttäuscht, als sie ausrief: »Ach nein! Das ist aber Mist.«

Gemächlich ging Fox ins Esszimmer und griff nach dem Rotwein. Mick und Lissy traten gerade ein. Ohne Mona, Micks Frau. Fox ahnte, warum sein Bruder allein herkam, und schenkte Wein in drei der fünf bereitgestellten Gläser. Mick überreichte Lissy eine Auflaufform mit dem Nachtisch zum Kühlstellen, dann umarmte er Fox herzlich. »Danke für die Einladung! Wir haben Silvester schon zu lange nicht mehr zusammen gefeiert.«

Fox grinste seinen Bruder an, dessen beschlagende Brillengläser ihm ein eigenartiges Aussehen verliehen. Mick nahm die Brille ab. Seine Wangen waren von der Kälte gerötet, ein Anflug von Unmut zeichnete sich um die Augen ab. »Tja, alter Fuchs, ich bin allein. Mona ist heute Nachmittag in die Klinik beordert worden. Doktor Du-weißt-schon-wer ist nicht aufgekreuzt, sie musste für ihn einspringen. Dass die Kids nicht mitkommen, wusstet ihr ja.«

Fox war völlig klar, dass Doktor Nürnberger, dessen eigentlichen Namen die ganze Familie mied, heute nicht arbeiten konnte. Dennoch zog er fragend die Augenbrauen hoch, um sie gleich darauf missbilligend zusammenzuziehen. »Ach, ist Doktor Jammerlappen mal wieder indisponiert?« Er machte eine wegwerfende Handbewegung. »Wen interessiert der schon? Soll er bleiben, wo der Pfeffer wächst.«

»Immer Doktor N.«, murrte Lissy. »Das Rhinozeros ist wie ein entzündeter Pickel mitten auf dem Hintern.«

Mick nickte. »Ist heute anscheinend viel los auf der Station.«

Fox zuckte die Achseln. »Ist es doch immer, und es gab auch schon öfter viele Krankenscheine. Es wird nicht gleich alles zusammenbrechen, bloß weil Doktor Jammerlappen nicht da ist.« Fox wollte in seinem Weihnachtsurlaub keine Gedanken ans Klinikum verschwenden – oder an die Kantine, deren Trubel, Lärm und Gerüche er nicht vermisste. Stattdessen hatte er zwischen den Feiertagen den gesamten Keller auf- und umgeräumt, endlich die Küche eingeweiht und Lissy, die diese Woche hatte arbeiten müssen, mit einem neuen, großen Tiefkühlschrank überrascht.

Die größte Freude für Lissy war jedoch die nagelneue Kellerküche, in der er in Zukunft seine Spezialitäten zubereiten würde. Gewurstet hatte er bereits, und Lissy hatte ihm gesagt, wie sehr sie es genossen hatte, dass er das jetzt ganz in seinem neuen, eigenen Reich tun konnte. Von den frischen Misch- und italienischen Weißbroten, mit denen er seinen Steinbackofen auf der Terrasse eingeweiht hatte, war sie begeistert gewesen und hatte gleich einen Haufen leckerer Antipasti für Silvester gezaubert. Die Kinder hatten einen Teil davon zu ihrer Party mitgenommen.

Die Arbeit im Keller hatte Fox nach den zermürbenden Monaten, die hinter ihm lagen, geholfen, endlich den Kopf frei zu bekommen und die Dinge in die Hand zu nehmen, die seit drei Jahren in ihm gegärt hatten. Seit die Sache mit Mutter passiert war.

Erstaunlich, dass Lissy den Namen des Arztes überhaupt aussprach, den sie sonst nur ›Rhinozeros‹ nannte, obwohl jener im Gegensatz zu dem Tier eher schmächtig wirkte. Auch Lissy hatte Unmenschliches ausgestanden, während ihre Schwiegermutter auf Station X0-311 gelegen hatte. Als aus Tagen im Koma Wochen, dann Monate geworden waren. Fox wusste, wie sehr Lissy darauf gehofft hatte, dass ein Wunder den Fehler von Doktor Rhinozeros wieder ausbügeln würde. Täglich hatte sie ihre Schwiegermutter besucht und alles dafür getan, sie mit beschwörenden Worten ins Leben zurückzurufen. Leider ohne Erfolg.

Sie alle hatten sich machtlos gefühlt, vor allem, da Mona ihnen versicherte, dass man ihrem Arztkollegen keinen Kunstfehler würde nachweisen können. Der Fall war zu kompliziert.

»Du-weißt-schon-wer ist nicht aus dem Weihnachtsurlaub zurückgekommen.« Mick setzte sich. »Um ehrlich zu sein, vermisst Mona ihn nicht sehr. Wenn er länger wegbleibt, spielt sich alles auch ohne ihn ein, meinte sie.«

»Aber Doktor Jammerlappen ist doch die gute Seele der Station, oder nicht?« Lissys Stimme troff vor Sarkasmus.

»So sieht er sich zumindest, das ist richtig«, stimmte Fox ihr zu. In diesem Moment läutete es erneut an der Tür. »Setzt euch schon mal, wir können gleich mit den Antipasti beginnen«, sagte Fox, ging zur Haustür und öffnete sie für seine Schwester, die bibbernd davorstand. Sie streckte ihm zwei Flaschen Crémant entgegen. »Hier, die sind gekühlt. Die trinken wir heute. Endlich Urlaub!«

»Komm erst mal rein.« Fox trat zurück, dann blieb er stehen, sodass Sabrina keine andere Wahl hatte, als ihren Bruder zu umarmen, nachdem sie einen Schritt in den Flur getan hatte. Sie drückte ihm mit kalten Lippen ein Küsschen auf die Wange, hielt ihn einen Moment mit beiden Armen umfangen und legte den Kopf an seine Schulter. Auch sie brachte die Kälte der Winternacht mit herein. Er konnte ihre Umarmung nicht erwidern, da er in beiden Händen eine Flasche Crémant hielt.

»Geht es dir gut?«, fragte er, sie blickte zu ihm auf und nickte, dann zog sie geräuschvoll die Nase hoch.

»Eure Einladung zu Silvester hilft mir, endlich über Mamas Tod hinwegzukommen. Das war eine gute Idee.«

Sabrina war in der Zeit, als Mutter dank Doktor Jammerlappen wie ein Schatten ihrer selbst auf der Intensivstation gelegen hatte, immer mehr auf eine Depression zugeschlittert. Die schwere Krankheit der Mutter hatte die Familie enger zusammenrücken lassen, und das Wissen, dass die Unachtsamkeit eines Arztes schuld daran war, hatte sie in eine Art hilfloser Starre gestürzt, mit der nur Mona einigermaßen klargekommen war.

Jetzt zog Sabrina ihre Jacke aus und hängte sie an die Garderobe. »Lasst uns feiern.« Sie ging voran ins Esszimmer, wo sie Lissy und Mick mit einer Umarmung begrüßte.

Fox umrundete den Tresen, der Esszimmer und Küche trennte, und verstaute die beiden Flaschen im Kühlschrank, dann bedachte er auch seine Schwester mit einem Glas Rotwein. »Lasst uns auf die Zukunft trinken. Auf dass alles besser wird.«

»Mona ist nicht da?« Sabrina setzte ihr Glas ab und ließ sich auf den Stuhl fallen. »Dann sind wir ja eine übersichtliche Gruppe.«

»Doktor Jammerlappen hält durch seine Abwesenheit die ganze Station auf Trab«, erklärte Mick. »Wir hoffen, Mona schafft es noch bis Mitternacht.«

»Ja, das wäre schön. Ich möchte meine Schwägerin zum Jahreswechsel knuddeln.« Sabrina nahm sich eine Tomaten-Mozzarella-Bruschetta und biss hinein. »Hm, einfach köstlich.« Sie legte das Weißbrot ab und blickte alle drei der Reihe nach an. »Was ist denn wohl mit Doktor Jammerlappen los? Meint ihr, es hat ihm jemand was ins Essen getan?« Sie schüttelte den Kopf und grinste dabei. »Wie oft habe ich mir vorgestellt, ich würde ihm etwas verabreichen, das innere Blutungen auslöst, damit er am Ende selbst auf der Intensivstation landet!«

Lissy stöhnte entsetzt auf. »Wie kannst du so etwas sagen!« Sie nahm das Tranchiermesser und stieß es in eines der größeren Bruschetta-Stücke. Sie traf genau ins Herz eines Tomatenstückchens. Der Saft spritzte auf ihre Hand. Wie gebannt starrte sie auf den roten Tropfen, der langsam ihren Handrücken hinunterlief, lachte auf und schnitt das Brot mit einer einzigen Bewegung durch. Fox, Mick und Sabrina beobachteten, wie sie das Brotstück auf ihren Teller nahm, den Tomatensafttropfen von der Hand leckte und ihr Gesicht zu einer Grimasse boshafter Genugtuung verzog, bevor sie das Messer betont langsam auf den Tisch zurücklegte. Es war das Messer, mit dem Fox auch die Zutaten für seine Würste zu zerkleinern pflegte.

»Mit einem sehr scharfen Messer genau in die Medulla oblongata, aber nur so weit, dass sie leicht verletzt wird und nach innen in den Schädel blutet.«

Lissy nahm ihr Brot und biss hinein. Wie Sabrina zuvor seufzte sie wohlig auf. Ein Tröpfchen Tomatensaft rann aus ihrem Mundwinkel über das Kinn. Sie wischte es mit dem Handrücken ab. »Es soll lange dauern. Wochen. Monate.«

Man konnte beinahe Angst vor Lissy bekommen. Aber Fox wusste, dass sie weder Blut sehen noch rohes Fleisch riechen konnte. Wenn sie gesehen hätte, welchen Anblick die Kellerküche vor Kurzem geboten hatte ... Wegen ihrer Empfindlichkeit hatte sie sich schon vor einigen Jahren angewöhnt, das Haus zu verlassen, wenn Fox Würste zubereitete. Das Fleisch dafür bezogen sie von demselben Bauern, der ihnen den Rinderbraten für heute Abend geliefert hatte. Nur Fox' Kochkünsten und seinem Versprechen, ausschließlich das Fleisch von glücklichen Tieren zu verarbeiten, war es überhaupt zu verdanken, dass sie keine Vegetarierin war. Seit fast drei Jahren mochte seine Frau allerdings durchaus blutige Witze. Wobei ihn die Tatsache überraschte, dass ihr schwarzer Humor heute Abend ausgerechnet Doktor Jammerlappen traf. Eine eigenartige Koinzidenz.

Mick und Sabrina lachten über Lissys bösen Scherz, und die Stimmung löste sich immer weiter.

»Ja, lasst uns Doktor Jammerlappen töten«, griff Mick das Thema auf. »Wenn es ein Gift sein soll, dann eines, das langsam wirkt. Kennst du dich damit aus, Fox?«

Fox winkte ab. »Da musst du Mona fragen, ich kann dir nur sagen, wann Lebensmittel nicht mehr bekömmlich sind.«

»Lebensmittelvergiftung ist eigentlich auch keine schlechte Idee. Die kann man dann wenigstens nicht als Mord nachweisen. Oder?«

»Hm, ich weiß nicht recht. Das ist zu unsicher.« Ein Bild blitzte in seinem Kopf auf: blondes Haar, durch eingetrocknete Blutstropfen verklumpt. Er verscheuchte die Vision und kehrte zum Thema zurück. »BSE könnte funktionieren. Wenn man sich damit infiziert hat, stirbt man. Aber nicht sofort. Das Hirn verabschiedet sich nach und nach, und es gibt keine Medikamente dagegen. Es ist eine Art galoppierende Demenz, wenn man so sagen will.«

»BSE? Ist das nicht Rinderwahnsinn?«, fragte Mick. »Davon hört man gar nichts mehr.«

»Ja. Es ist eine unheilbare Hirnkrankheit. Gruselig.« Fox nahm einen Schluck des kräftigen Rotweins. »Für meinen Geschmack wäre das aber zu human für Doktor Jammerlappen.«

»Wenn man bedenkt, wie er sich immer gibt …« Sabrina stöhnte entnervt auf. Das Geräusch warf Fox direkt zurück in die Zeit, als Doktor Jammerlappen sie alle an den Rand des Wahnsinns gebracht hatte. »Wie ein Engel. Er kann kein Wässerchen trüben, er ist die Rettung der Welt. Und alle anderen Menschen sind böse. Vor allem, wenn sie an ihm zweifeln. Dabei ist es allein seine Schuld, dass Mutter sterben musste. Wenn Mona sie operiert hätte, könnte sie noch leben!«

»Du hast recht, eigentlich müsste er genauso leiden wie sie!« Lissy leerte ihr Glas, dann stand sie auf und hob die Platte mit den verbliebenen Bruschetta-Scheiben hoch. »Ich räume das mal ab. Fox, was ist mit dem Braten?«

Er blickte auf seine Uhr. »Lassen wir ihn noch ein Viertelstündchen ziehen. Ich schalte den Herd ab. Kann ich dir inzwischen bei etwas helfen?«

»Ja, du kannst das schmutzige Geschirr wegräumen, während ich den Feldsalat anrichte. Legen wir einfach eine zweite Vorspeise ein und geben dem Fleisch Zeit.« Sie lächelte Mick und Sabrina zu. »Ihr könnt die Weingläser nochmal auffüllen. Wir haben ja noch den ganzen Abend vor uns. Vielleicht schafft Mona es sogar rechtzeitig zum Braten.«

Auf dem Weg zum Herd hörte Fox, wie Mick auf Sabrina einredete. »Das war ja wohl eine krasse Nummer eben. Sollten wir nicht langsam mal das Thema wechseln?«

Lissy blinzelte Fox an. »Ich weiß gar nicht, was mit mir los ist, dass ich mit sowas angefangen habe.«

Fox spitzte die Lippen und legte sich die Worte sorgfältig zurecht, bevor er antwortete: »Liebes, vielleicht ist es ein gutes Zeichen. Wir können jetzt alle wieder darüber sprechen. Es tut Doktor Jammerlappen ja nicht weh, und zum Glück bekommt er nichts davon mit, wenn wir so über ihn reden.« Niemand außer Fox konnte freilich ahnen, wie sehr das stimmte.

Lissy lehnte sich einen Moment an ihn, dann nickte sie. »Aber ich weiß nicht, wie Mick damit klarkommt.« Sie blickte an die Zimmerdecke. »Gut, dass die Kinder das nicht hören. Ich kenne mich ja selbst nicht wieder.«

Fox hatte sich vor fünf Tagen auch kaum wiedererkannt, doch diesen Gedanken verscheuchte er rasch. Stattdessen stellte er sich Nils und Leni vor, die heute Abend gemeinsam in der neuen Wohnung feierten, die

Nils mit seiner Freundin Ende Januar beziehen würde. »Die beiden haben das alles etwas schneller verarbeitet als wir, glaube ich. Und das ist auch gut so.«

Das Telefon klingelte. Lissy fuhr zusammen und warf einen Blick auf die Uhr. »Wer mag das sein?« Damit ging sie ran. »Hallo? – Mona, wie schön. Kannst du Schluss machen? – Ach, das ist aber schade. Wo mag der denn abgeblieben sein? Kann dich denn niemand ersetzen? – Eine Not-OP. Klar, verstehe ich. Der Mann hat Glück, dass du ihn operierst und nicht ... – Ja, ich weiß. Dann wünsche ich dir viel Erfolg. Wird schon gutgehen. Vielleicht schaffst du es ja noch bis um zwölf. – Dann isst du den Braten eben nächstes Jahr. – Ja, das sage ich ihm. Bis später! Und toi toi toi!« Sie legte auf.

Fox schloss die Klappe des Geschirrspülers und reichte Lissy die Schüssel mit dem Feldsalat. Mit routinierten Bewegungen kippte sie das vorbereitete Dressing darüber und mischte die Blättchen durch. »Mona hat noch eine Not-OP. Sie meinte, wenn alles glattgeht, kann sie trotzdem gegen Mitternacht da sein.«

Fox und Lissy gingen zurück zum Esstisch, wo seine Geschwister in ein angeregtes Gespräch vertieft waren.

»Nein, Sabrina, die sicherste Methode ist meiner Meinung nach Verbrennen.«

»Bei einem normalen Hausbrand bleibt aber immer noch was zurück, womit man die DNA nachweisen kann, und soweit ich weiß, verbrennen Zähne nicht. Und wann hat man schon ein Feuer parat, um eine Leiche zu entsorgen? Brandursachen werden doch auch untersucht.« Sie hob ihr Weinglas, um daraus zu trinken. Überrascht sah Fox, dass die erste Karaffe geleert war. Er holte die zweite, bereits geöffnete Flasche und dekantierte den Wein.

Lissy klinkte sich in das Gespräch seiner Geschwister ein, während sie den Salat verteilte. »Ihr sprecht von der sichersten Möglichkeit, eine Leiche verschwinden zu lassen? Ich glaube, da gibt es heutzutage gar keine mehr. Mit den neuen Methoden der Kriminaltechnologie und den Untersuchungsmitteln der Rechtsmediziner reichen doch winzigste Spuren.«

»Ich denke«, meinte Sabrina, »dass man sich ein verdammt gutes Versteck suchen muss und dann nur hoffen kann, dass dort keiner vorbeikommt. Im Wald oder so.«

»Oder man muss die Leiche unauffällig entsorgen, vielleicht mit medizinischem Abfall«, sinnierte Mick. »Beispielsweise bei den Abfallsammelpunkten großer Kliniken. Abfälle aus der Pathologie müssen ja auch entsorgt werden. Aber so ein kompletter Mensch würde da sicherlich auffallen.«

»Also müsste er in kleinen Portionen entsorgt werden«, führte Fox seinen Gedanken fort. »In unkenntlichen. Man müsste ihn zuerst kleinmachen, dann einfrieren. Und dann stückchenweise dem Müll zuführen.«

Mick beugte sich leicht vor. »Man könnte ihn zu einer Verbrennungsanlage karren, gut getarnt in anderem Müll. Die Abfallverwertungsanlage Velsen nimmt doch auch Müll von Privatkunden an, oder?«

Fox nickte. »Der Kopf ist das größte Problem«, hörte er sich sagen. Er schluckte. »Leute, lasst uns das

Thema wechseln, ja? Wo sind eure Kids heute Abend eigentlich?«

Mick grinste. »Macht dein Magen nicht mehr mit, Bruderherz? Hier, trink noch einen Schluck Wein. Die Kleine ist nebenan bei unseren Nachbarn, dort steigt eine Kindersilvesterparty. Kurt und Hilda sind bei den Zwillingen von gegenüber.«

Fox kannte die Zwillinge von Kurts Geburtstagsfeiern. »Wie lange sind die Kinder schon miteinander befreundet?«

»Quasi aus dem Bauch heraus, ihre Mütter waren schon zusammen in der Geburtsvorbereitung. Die Zwillinge sind Doktor Jammerlappen vor sieben Jahren übrigens nur knapp entkommen. Sie hatten mit acht eine Hirnhautentzündung und sind im Klinikum stationär behandelt worden. Das war kurz, nachdem Du-weißt-schon-wer zur Neurochirurgie gewechselt hatte. Nicht viel später ist er dann auf die Intensivstation versetzt worden. Dort geben ihm die Patienten weniger Widerworte, wahrscheinlich deshalb.«

Lissy zischte erbost. »Und was die Angehörigen sagen, interessiert Rhinozeros ja nicht. Das ignoriert er einfach.«

»Womit wir wieder beim Thema wären«, stellte Fox fest. Aus der Küche war ein Signalton zu hören. »Der Braten ist jetzt so weit. Gebt ihr mir die Salatteller rüber?«

Kurz darauf mischte Lissy das Rotkraut durch und goss etwas zerlassene Butter über die Schneebällchen, während Fox den Braten auf eine vorgewärmte Platte legte und die feine Soße mit Butter-Mehlklümpchen verrührte, um sie schön sämig werden zu lassen. Da klingelte das Telefon. Mit einem genervten Stöhnen bedeutete er Lissy, die Soße in die Sauciere zu füllen, die er ebenfalls vorgewärmt hatte.

Dann griff er nach dem Telefonhörer, der auf dem Küchentresen lag, und nahm das Gespräch an. Die Nummer auf dem Display kam ihm bekannt vor, aber er konnte sie nicht gleich zuordnen. »Hallo?«

»Hier ist der Jupp.«

»Guten Abend, Jupp. Wir werden gleich deinen herrlichen Braten verspeisen.«

»Ihr habt ihn also noch nicht gegessen? Gott sei Dank!« Jupp brüllte die letzten drei Worte geradezu ins Telefon.

Fox warf Lissy einen irritierten Blick zu und schaltete das Telefon auf Lautsprecher. »Was ist denn los?«

»Ihr dürft das Fleisch nicht essen, hörst du? Es ist verseucht.«

»Wie, verseucht? Was meinst du damit?«

»Else hat mir keine Ruhe gelassen. Es gab seit über fünfzehn Jahren kein BSE mehr im Saarland. Und jetzt hat es ausgerechnet uns erwischt.«

»Jupp, das ist nicht dein Ernst!« Konnte das noch Zufall sein? Offenbar hatte Fox lauter gesprochen, als er dachte, denn auch Sabrina und Mick standen plötzlich in der Küche. Lissy stellte die Sauciere mit einer heftigen Bewegung auf dem Herd ab. Sie war gerade im Begriff gewesen, etwas Soße über die Schneeballen zu gießen. Ihre Gesichtsfarbe wechselte zu einem fahlen Weiß, das Fox für einen winzigen Moment an das Konterfei eines anderen Menschen erinnerte, von dessen Verbleib niemand etwas wusste, und dessen Gesicht jetzt zu einer starren Maske gefroren war, im wahrsten Sinne des Wortes. Er schüttelte den Gedanken ab.

»Else hat Recht behalten.« Jupp begann laut zu wehklagen. »Wir sind ruiniert! Wahrscheinlich muss der gesamte Viehbestand gekeult werden.«

Lissy schlug sich die Hand vor den Mund. Mit fahrigen Bewegungen holte sie die Schüsseln mit den Schneeballen und dem Rotkraut vom Herd und stellte sie so weit vom Braten entfernt ab, wie möglich.

»Beruhige dich«, redete Fox auf Jupp ein. »Heißt das, es wurde BSE bei einem deiner Rinder nachgewiesen?«

»Ja, beim Muttertier des Kalbs, von dem der Braten in deinem Herd stammt. Ihr dürft das Fleisch nicht essen, hast du mich verstanden?«

»Ja, habe ich«, sagte Fox tonlos. »Danke, dass du uns rechtzeitig gewarnt hast.«

»Den Behörden hab ich es auch gemeldet.« Jupps Stimme klang resigniert.

»Viel Glück, Jupp.« Damit legte er auf.

»Was machen wir jetzt?« Lissy blickte ratlos von Fox zu Mick und Sabrina. Langsam kam die Farbe wieder in ihre Wangen zurück. »Ich fasse es nicht! Was sollen wir denn jetzt essen?«

Mick rieb sich mit der Hand über den Nacken. Fox legte den Braten zurück in den Tontopf, dann kippte er die Soße dazu. Der verführerische Duft, der den ganzen Abend in der Wohnung gehangen hatte, schien sich zu wandeln und kam ihm plötzlich stechend und süßlich vor. Das war natürlich Unsinn, das wusste Fox. Außerdem war er an den Geruch von verderbendem Fleisch gewöhnt. Er spülte die Sauciere gründlich unter fließendem Wasser ab, dann räumte er sie in die Spülmaschine und legte sämtliche Besteckteile dazu, die mit dem Fleisch in Berührung gekommen waren.

»Lissy, die Knödel und das Gemüse können wir essen.« Er nickte seinem Bruder und seiner Schwester zu. »Setzt euch wieder hin, ich bringe den Bräter auf die Terrasse. Morgen entsorge ich den Mist.«

Fox stieg die Treppe zum Keller hinunter. Das Haus war an einen Hang gebaut, sodass seine Kellerküche auf die Terrasse hinausführte, auf der sich in einer Ecke auch sein neuer Steinbackofen befand.

Abermals hatte er einen Flashback, sobald er den Fliesenboden der Küche betrat und die riesige Arbeitsfläche sah. Er hatte sich die Küche wie in der Gastronomie einrichten lassen, alle Oberflächen aus Edelstahl. Das ließ sich problemlos reinigen. Beim Fliesenboden hatte er etwas Zeit für die Fugen investieren müssen, obwohl dort zum Glück nicht viel Blut gelandet war. Schließlich verstand er sein Handwerk. Ohne dass er es wollte, fiel sein Blick auf den Fleischwolf. Das war schon ein ordentliches Stück Arbeit gewesen, aber dank des riesigen Tiefkühlschranks hatte er alles bewerkstelligen können. Er konnte die Unmengen an Fleisch nach und nach bearbeiten.

Nachdem er den Kadaver erst einmal in kleinere Einheiten zerteilt hatte, konnte man die Gestalt nicht mehr erkennen. Seine Vorsichtsmaßnahmen waren jedoch gar nicht nötig gewesen, weil Lissy sich in den Tagen nach Weihnachten nicht in den Keller verlaufen hatte. Es hatte gereicht zu erwähnen, dass er von seinem Schulfreund ein Wildschwein bekommen hatte. Da sie ohnehin arbeiten musste, konnte Fox also völlig ungestört die neue Küche und die Gerätschaften einweihen.

Fox öffnete die Terrassentür und ging über die dünne Schneeflockenschicht zum Tisch, um den Bräter darauf abzustellen. Um den Topf herum schmolz der Schnee sofort weg.

Fox schüttelte den Kopf. Was für eigenartige Zufälle! Lissy hatte darüber gescherzt, wie sie das Messer Doktor Jammerlappen von hinten durch den Nacken in den Schädel stoßen wollte und dabei ausgerechnet das Tranchiermesser in der Hand gehalten. Als hätte sie es geahnt.

Fox hatte dem verhassten Arzt tatsächlich etwas Zeit gegeben, um zu begreifen, was mit ihm geschah, aber letzten Endes war es doch ein schneller Tod gewesen. Die Routine, mit der er den Leichnam anschließend weiterverarbeiten konnte, hatte ihn beinahe selbst überrascht.

Seitdem ging es ihm wieder gut. Niemand ahnte etwas, und keiner würde Spuren finden, dafür würde er sorgen. Sobald er den Schädel los war, würde der Tiefkühlschrank eine Fehlfunktion haben. Die Unmengen köstlicher, selbstgemachter Würste und die Bratenstücke mussten dann leider entsorgt werden, aber das würde jeder verstehen.

Mit einem letzten Blick auf den Bräter mit dem Rindfleisch, dessen Deckel von den schmelzenden Schneeflocken nass glänzte, ging Fox wieder hinein, durchquerte die Kellerküche und stieg die Treppe hinauf.

»Da bist du ja endlich«, sagte Lissy, und überrascht sah Fox, dass sie die Klöße und das Gemüse wieder auf die Warmhalteplatten des Herdes gestellt hatte. »Ich wollte gerade zu dir kommen. Mick und Sabrina meinten, dass wir doch von den Würsten essen könnten, die du gemacht hast. Was meinst du?«

Fox nahm Lissys Ellbogen und schob sie zurück in die Küche. Er schüttelte den Kopf. »Wir essen heute kein Fleisch. Das würde jetzt viel zu lange dauern.«

Er reichte Lissy die Schüssel mit den Knödeln und nahm selbst das Rotkraut.

»Aber du machst doch immer diese kleinen Würstchen«, hakte Mick nach, als Fox und Lissy das Essen auf dem Tisch abstellten. »Die müssten doch eigentlich einigermaßen schnell auftauen. Man muss sie ja eh gut durchgaren. Ich habe schon ewig keine deiner selbstgemachten Würste mehr gegessen.«

Fox setzte sich in aller Seelenruhe an den Tisch und begann damit, Sabrina und Mick von den Schneebällchen aufzutun.

»Glaubt mir, ihr wollt diese Würste nicht essen.«

»Aber wieso? Ich mag diese Winzdinger auch sehr gern, wie heißen sie nochmal?«

»Nürnberger. Sie heißen Nürnberger Würstchen.«

»Genau. Wie Doktor Rhinozeros.« Lissy verzog das Gesicht. »Aber die Würstchen können ja nichts dafür.«

»Trotzdem. Es sind *Nürnberger* Würstchen. Und wir werden sie nicht verspeisen.« Fox zerteilte eines der Schneebällchen mit der Gabel.

Seine Geschwister und seine Frau starrten ihn an. Er konnte sehen, wie das Begreifen sich in ihren Gesichtern abzeichnete. »Guten Appetit«, sagte er und führte die Gabel zum Mund.

Gastkrimi

Aus: Jana Thiem, »Eisige Angst«, Winter-Krimi-Stories, e-Book, Erscheinungsdatum: 24.12.2019
Von der Autorin von »Humboldt und der weiße Tod«, »Humboldt und der tiefe Fall« und »Humboldt und der kalte See«

Und wenn das letzte Lichtlein brennt

Pünktlich zum sechsten Glockenschlag fing es an zu schneien. Leicht und leise, so als wollte selbst der Schnee hier nur eine Nebenrolle spielen. Die Gäste standen mit leuchtenden Augen im festlich geschmückten Hof unseres Weingutes und warteten auf das alljährliche Spektakel. Hunderte von Kerzen verbreiteten eine friedliche Weihnachtsstimmung. Das leise Gemurmel der Zuschauer und der himmlische Lichterglanz verzauberten mich.

In diese besinnliche Stille hinein öffnete sich geräuschvoll die Tür des Herrschaftshauses und Martin trat mit theatralisch erhobenen Händen heraus. Erschrocken schaute ich in die Runde. Beinahe hatte ich erwartet, dass alle auf die Knie fallen würden. Mir war bei seinem plötzlichen Erscheinen jedenfalls das Herz in die Hose gerutscht. Oder besser in die Unterhose. Ansonsten stand ich im Engelskostüm mit Kleidchen und Flügelchen bekleidet neben der Eingangstür und hielt in beiden Händen brennende Kerzen. Martin hatte mir versprochen, dass die Flammen nicht ausgehen würden. Ich hatte Angst gehabt, als Depp dazustehen. Ein Engel, der sein Licht nicht hüten kann. Wen oder was kann er denn dann beschützen? Also klammerte ich mich an Martins Prophezeiung und versuchte, einen strahlenden Engel darzustellen.

Als ich die Stille schon kaum noch ertragen konnte, begann Martin endlich mit seiner Aufführung. Wie in jedem Jahr hatte er das Fenster neben der Eingangstür liebevoll geschmückt. Schmücken lassen. Er hatte die Idee im Kopf und alle Familienmitglieder mussten zuarbeiten.

Schon seit Jahren gab es in Neustadt die Tradition der Adventsfenster. Ich fand es toll, jeden Abend einer anderen Zeremonie zuzuschauen und mir den Bauch mit den verschiedensten Köstlichkeiten vollzuschlagen. So gab es bis Weihnachten 24 festlich geschmückte Sehenswürdigkeiten mehr in unserer Stadt.

Natürlich hatte Martin wieder einen Samstag ergattert. Da erhoffte er sich die meisten Zuschauer. In diesem Jahr war es sogar der Nikolaussamstag. Und dementsprechend stand er nun als der heilige Nikolaus im Bischofskostüm verkleidet im beleuchteten Türrahmen und erzählte die wahre Geschichte des Nikolaus von Myra.

Ein plötzlicher Schmerz durchzuckte meinen Körper und lokalisierte sich dann auf der rechten Hand. Wie in Zeitlupe tropfte das Wachs der Kerze allmählich über den selbstgebastelten Kerzenhalter. Ich atmete heftig aus und schielte vorsichtig zu Martin. Dieser strafte mich mit einem bösen Blick unter seinen buschigen Augenbrauen ab. Keiner hatte seinen Auftritt zu unterbrechen. Schon gar nicht ich.

Wieder spürte ich einen heißen Tropfen auf meinem Daumen landen. Schlimmes ahnend schaute ich mir den Kerzenhalter in der linken Hand genauer an. Viel Zeit blieb nicht mehr, bis auch dieser überquoll. Fieberhaft überlegte ich, wie ich aus dieser Situation herauskommen konnte. Keine Chance!

Die plötzliche Stille irritierte mich. Schauten Martins Augen vorhin böse, so waren es jetzt Eiskristalle, die mich fixierten. Ach ja, mein Einsatz. So schnell es ging, leierte ich Rilkes Adventsgedicht über eine Tanne im Winterwald herunter und konzentrierte mich wieder auf die brennenden Wachsstäbe in meinen Händen.

Wieder durchzog mich ein Schmerz. Allmählich bildete sich eine Kleckerburg auf meiner rechten Hand. Aber ich ertrug den Schmerz, so wie ich immer alles an Martins Seite ertragen habe. Er war der Mann im Haus. Er hatte das Weingut geerbt und schon jede Menge Preise bekommen. Der alte Herr wäre stolz auf ihn gewesen. So wie alle stolz auf ihn waren.

Ich dagegen hatte gelernt, mich unsichtbar zu machen. Für alle hier war ich nur das Julchen. Obwohl ich Juliane heiße und Mitte zwanzig bin. Und ja, ich habe nur einen Hauptschulabschluss. Na und? Es gab so viel Wichtigeres zu tun. Außerdem fiel mir das Lernen immer schwer. Vielleicht hatte der liebe Gott einfach eine Windung in meinem Hirn vergessen. Konnte doch sein. Es gab doch auch Menschen, denen ein Finger fehlte.

In diese besinnliche Stille hinein öffnete sich geräuschvoll die Tür des Herrschaftshauses und Martin trat mit theatralisch erhobenen Händen heraus. Erschrocken schaute ich in die Runde. Beinahe hatte ich erwartet, dass alle auf die Knie fallen würden. Mir war bei seinem plötzlichen Erscheinen jedenfalls das Herz in die Hose gerutscht. Oder besser in die Unterhose. Ansonsten stand ich im Engelskostüm mit Kleidchen und Flügelchen bekleidet neben der Eingangstür und hielt in beiden Händen brennende Kerzen. Martin hatte mir versprochen, dass die Flammen nicht ausgehen würden. Ich hatte Angst gehabt, als Depp dazustehen. Ein Engel, der sein Licht nicht hüten kann. Wen oder was kann er denn dann beschützen? Also klammerte ich mich an Martins Prophezeiung und versuchte, einen strahlenden Engel darzustellen.

Als ich die Stille schon kaum noch ertragen konnte, begann Martin endlich mit seiner Aufführung. Wie in jedem Jahr hatte er das Fenster neben der Eingangstür liebevoll geschmückt. Schmücken lassen. Er hatte die Idee im Kopf und alle Familienmitglieder mussten zuarbeiten.

Schon seit Jahren gab es in Neustadt die Tradition der Adventsfenster. Ich fand es toll, jeden Abend einer anderen Zeremonie zuzuschauen und mir den Bauch mit den verschiedensten Köstlichkeiten vollzuschlagen. So gab es bis Weihnachten 24 festlich geschmückte Sehenswürdigkeiten mehr in unserer Stadt.

Natürlich hatte Martin wieder einen Samstag ergattert. Da erhoffte er sich die meisten Zuschauer. In diesem Jahr war es sogar der Nikolaussamstag. Und dementsprechend stand er nun als der heilige Nikolaus im

Bischofskostüm verkleidet im beleuchteten Türrahmen und erzählte die wahre Geschichte des Nikolaus von Myra.

Ein plötzlicher Schmerz durchzuckte meinen Körper und lokalisierte sich dann auf der rechten Hand. Wie in Zeitlupe tropfte das Wachs der Kerze allmählich über den selbstgebastelten Kerzenhalter. Ich atmete heftig aus und schielte vorsichtig zu Martin. Dieser strafte mich mit einem bösen Blick unter seinen buschigen Augenbrauen ab. Keiner hatte seinen Auftritt zu unterbrechen. Schon gar nicht ich.

Wieder spürte ich einen heißen Tropfen auf meinem Daumen landen. Schlimmes ahnend schaute ich mir den Kerzenhalter in der linken Hand genauer an. Viel Zeit blieb nicht mehr, bis auch dieser überquoll. Fieberhaft überlegte ich, wie ich aus dieser Situation herauskommen konnte. Keine Chance!

Die plötzliche Stille irritierte mich. Schauten Martins Augen vorhin böse, so waren es jetzt Eiskristalle, die mich fixierten. Ach ja, mein Einsatz. So schnell es ging, leierte ich Rilkes Adventsgedicht über eine Tanne im Winterwald herunter und konzentrierte mich wieder auf die brennenden Wachsstäbe in meinen Händen.

Wieder durchzog mich ein Schmerz. Allmählich bildete sich eine Kleckerburg auf meiner rechten Hand. Aber ich ertrug den Schmerz, so wie ich immer alles an Martins Seite ertragen habe. Er war der Mann im Haus. Er hatte das Weingut geerbt und schon jede Menge Preise bekommen. Der alte Herr wäre stolz auf ihn gewesen. So wie alle stolz auf ihn waren.

Ich dagegen hatte gelernt, mich unsichtbar zu machen. Für alle hier war ich nur das Julchen. Obwohl ich Juliane heiße und Mitte zwanzig bin. Und ja, ich habe nur einen Hauptschulabschluss. Na und? Es gab so viel Wichtigeres zu tun. Außerdem fiel mir das Lernen immer schwer. Vielleicht hatte der liebe Gott einfach eine Windung in meinem Hirn vergessen. Konnte doch sein. Es gab doch auch Menschen, denen ein Finger fehlte.

Als das Blaulicht aufflackerte, war ich da. Neu geboren. Eine Beamtin berührte mich vorsichtig an der Schulter. Ich fiel ihr in die Arme und ließ mich zu einem Auto führen.

Zwei Wochen später hatte ich ein eigenes Zimmer in einem schönen Haus. Alles war hell und freundlich. Und die Schwestern sahen mich, lächelten mich an. Mich, Juliane, Mitte zwanzig.

Nachgereicht

Die ersten vier Kurzkrimis dieser Anthologie sind in folgenden Krimianthologien des Ulrich Burger Verlags erschienen:

»Dem Vergessen anheimgegeben« in »Saarland: Krimiland. Fünf Autoren – fünf Fälle«, UBV 2013
»Eichhorntod« in »Mörderisches Saarland«, Hrsg. Isabell Valentin, UBV 2018
»Jump and Run« in »Saarland: Krimiland. Sechs Autoren – sechs Fälle«, UBV 2016
»Adventsüberraschung im Zwergenwald« in »Saarland: Krimiland. Sechs Festivals – sechs Verbrechen«, UBV 2014

Lesetipp:

Wenn Ihnen Krimis mit Humor gefallen, empfehle ich Ihnen meine Krimikomödien mit dem Saarlouiser Kriminalkommissar Frank Kraus und der Protagonistin Lucy Schober, die eine komplizierte Beziehung mit Kommissar Kraus führt. Skurrile Morde, anstrengender familiärer Hintergrund und eine Hauptfigur, die ständig gegen ihre inneren Zwillinge ankämpft – die Mischung sorgt für Spannung und Spaß.

Bei Tränen Mord

Frühsommer in Saarlands heimlicher Hauptstadt Saarlouis. Die toughe Callcenter-Mitarbeiterin Lucy versteht die Welt nicht mehr. In ihrer Nähe sterben mehrere Menschen durch eigenartige Unfälle und alle haben sie kurz zuvor wüst beschimpft. Bald gilt sie als Hauptverdächtige. Die Tatsache, dass sie Kriminalkommissar und Traumtyp Frank Kraus genauso unwiderstehlich findet wie er sie, erleichtert die Ermittlungen nicht gerade. Ist Lucy etwa psychisch gestört? Oder war am Ende doch alles nur Zufall?

Gmeiner 2012, ISBN: 978-3839212875, Taschenbuch (278 Seiten) €9,90, E-Book €8,99

Der Tod steht mir nicht

Träge liegt Lucys Heimatstadt Saarlouis in der Sommerhitze. Doch Lucys Puls erhöht sich schlagartig, als sie eines Tages beim Joggen in ein Feld von ätzendem Bärenklau gestoßen wird. Kurz darauf wird sie Opfer weiterer perfider Anschläge. Den Tod vor Augen beginnt Lucy, zehn Ziele zu formulieren, die sie vor ihrer Ermordung noch unbedingt erreichen will. Während ihr Freund, Kommissar Frank Kraus, mit seinem Partner fieberhaft den Attentäter verfolgt, beginnt für Lucy ein Wettlauf gegen die Zeit.

Gmeiner 2014, ISBN: 978-3839214886, Taschenbuch (346 Seiten) €9,99, E-Book €8,99

Tote Frauen lügen nicht

Ein anonymer Verehrer, ein tragischer Mordfall und das große Chaos
Das Liebesleben von Lucy Schober und Kriminalkommissar Frank Kraus ist endlich perfekt, denn sie freuen sich auf die bevorstehende Geburt ihrer Zwillinge. Alles läuft ausgezeichnet – bis ein geheimnisvol-

ler Verehrer Lucy mit anonym versandten Gedichten und Blumen bedrängt. Frank reagiert mit Vorsicht anstatt mit Eifersucht. Zudem verhält sich Ilina, Lucys Freundin, in letzter Zeit seltsam. Lucy ahnt, dass eine tragische Geschichte hinter Ilinas Verhalten steckt. Deswegen will Lucy ihr helfen, doch schneller, als beiden Frauen lieb ist, geraten sie in ein Netz aus Lügen und Verleumdungen, das mit Franks aktuellem Mordfall im „Milieu" zu tun hat. Aber Lucy wäre nicht Lucy, wenn sie dabei nicht in Lebensgefahr geriete. Können die beiden Frauen gerettet werden, oder kommt jede Hilfe zu spät?

DP Digital Publishers 2019, ISBN: 978-3960875932, Taschenbuch (372 Seiten) €10,80, E-Book €4,99

Tote Männer essen kein Gelato
Mordermittlungen im Traumurlaub?

Lucy Schober braucht dringend Erholung, denn seit der Geburt ihrer Zwillinge vor zwei Jahren läuft sie nur noch im Arbeitsmodus. Ihr Lebensgefährte, der Saarlouiser Kriminaloberkommissar Frank Kraus, schlägt vor, den Erholungsurlaub alleine ein paar Tage früher anzutreten. Als Lucy der Hilferuf ihrer besten Freundin erreicht, die im Zeugenschutzprogramm ist, macht sie sich auf ins schöne Kampanien. Dort findet sie tatsächlich Leonie, die untröstlich ist, weil ihre Freunde in einen Mordfall verwickelt sind. Alle Spuren deuten auf das organisierte Verbrechen hin, und Lucy beginnt sofort mit ihren Ermittlungen.

Ein Saar-Italo-Krimi made im Saarland!

Dieser Krimi erscheint im Frühjahr 2020
Für mehr Informationen, sobald sie verfügbar sind, besuchen Sie bitte meine Homepage
WWW.ANGELIKALAURIEL.DE

Finden Sie dort auch meine Kinder- und Jugendbücher, Beziehungs- und Familienromane sowie meine unter dem Pseudonym Laura Albers erschienenen Liebesromane.

Folgen Sie mir auf Facebook:
https://www.facebook.com/AngelikaLauriel.LauraAlbers/
und auf Instagram:
https://www.instagram.com/angelikalauriel/

Angelika Lauriel, im November 2019